Mademoiselle M.

LES AVENTURES DE MOUSTACHE MALLORÉ

1. L'esprit de famille

merci les livres

C'est bien de se mettre en valeur,
mais c'est mieux d'en avoir.
Julien Lorcy,
champion du monde de boxe anglaise

1.

L'Adoption

Je suis un chat.

Je vous vois venir : aujourd'hui, je coule des jours paisibles. Mais cela n'a pas toujours été le cas !

Le jour de ma naissance, par exemple, il pleuvait à verse. De gros nuages noirs obscurcissaient le ciel, et des gouttes d'eau, épaisses comme le poing, frappaient le sol avec un bruit de martèlement continu. Évidemment, je ne me le rappelle pas, c'est ma mère qui me l'a raconté. Au beau milieu de ce déluge, cette sublime minette rousse désespérait de réussir à me mettre au monde. Allongée là, sur une couche de foin sommaire, à l'abri de la pluie, elle venait déjà de donner naissance à trois chatons, et elle était très éprouvée.

Moi, de mon côté, j'attendais mon tour, bien sagement blotti dans son ventre. Je commençais à m'impatienter quand, soudain, la pluie cessa comme par magie. Un rayon de soleil se posa sur le bout de son museau, et l'instant d'après, le ventre de ma mère fut alors traversé par une violente secousse, qu'elle accompagna des maigres forces qu'il lui restait. C'est ainsi que je glissai parmi vous, fripé et chiffonné comme une chaussette tout droit sortie de la machine à laver.

J'étais né sous le soleil, au beau milieu d'un jour de pluie, avec pour bonne fée un arc-en-ciel au-dessus de mon berceau. Enfin ça, c'est ce que raconte ma mère à qui veut l'entendre. Il ne manquait plus qu'une licorne magique ne passe par là et ne danse le flamenco !

La famille adoptive de ma mère passa ensuite des annonces dans la gazette du village, donnant chatons contre bons soins. Peu de temps après, des gens du nom de Malloré sonnèrent à leur porte. La concurrence n'était pas rude, entre mes deux frères qui ne pensaient qu'à vider les mamelles de lait de ma mère, et ma sœur qui leur montrait effrontément son derrière.

Bien décidé à vivre ma propre vie, j'adressai à nos visiteurs un regard mielleux, d'une tendresse redoutable... Puis, je leur tendis une patte, adorable, ouvertement suppliante, qui disait : « Pitié, emmenez-moi avec vous. » J'achevai ma prestation en miaulant d'une tendre petite voix éraillée en direction des enfants. Impossible de résister.

Tout le temps que dura le trajet vers ma nouvelle vie, les deux enfants n'eurent d'yeux que pour moi. Malheureusement, c'est aussi ce jour-là que je découvris que j'étais malade en voiture. Je vomis l'essentiel de mon petit-déjeuner dans la caisse de transport. Une chance qu'ils ne m'aient pas ramené aussi sec : je n'avais aucune envie de passer le reste de ma vie dans une vieille ferme délabrée, condamné à contourner les bouses de vache durant mes promenades !

La famille qui m'adopta était installée depuis plusieurs années dans un lotissement calme et sans prétention, au numéro 27, rue des Lilas, à Belleville. Une piste cyclable bordait des rues propres, bien entretenues par la municipalité, ombragées toute l'année par de grands tilleuls et des acacias densément fournis.

J'aimais beaucoup me promener dans le quartier. Comme la plupart des habitants qui circulaient en voiture, nos voisins retraités, M. et Mme Marchal, veillaient à ne jamais excéder la vitesse autorisée, limitée à seulement trente kilomètres à l'heure. Je pouvais traverser en toute sécurité : ils ralentissaient à l'approche d'un dos d'âne, freinaient pour laisser traverser les enfants qui rejoignaient l'arrêt de bus et contournaient prudemment, en anticipant le clignotant longtemps à l'avance, les camions de livraison qui déchargeaient leurs gros cartons, le matin.

Mais c'était toujours M. Michelon que je croisais en premier. Un gentil boulanger grassouillet, qui ouvrait le rideau de sa boutique en sifflotant. À cause de son métier, il se levait très tôt et, au fil des années, il était devenu un peu insomniaque. Tout le monde le connaissait dans le quartier, il avait lui-même grandi à Belleville, il avait ensuite vadrouillé aux quatre coins de la France comme apprenti. Un jour, enfin, il avait monté son affaire et n'était plus jamais reparti.

Quand je passais devant sa boulangerie le matin, l'odeur des viennoiseries chatouillait ma truffe. Je voyais les Bellevillois qui s'y pressaient, en file indienne, bien disciplinés, attendant sagement leur tour.

Quelques mètres plus loin, Mme Lebrin m'adressait souvent un mot gentil tandis qu'elle installait sa farandole de fleurs colorées sur la devanture de son magasin. Son visage dépassait à peine, derrière la montagne de bouquets qu'elle arrangeait avec soin.

Il y avait aussi le boucher, M. Speck, dans cette même rue principale, que l'on appelait Boulevard Central. Ses épais sourcils foncés alourdissaient les contours de son visage rondouillard et lui donnaient un air injustement sévère.

Chaque matin, l'opticienne rigolote, Mme Leuyade, ne manquait pas de le saluer chaleureusement : fraîche et pétillante comme un Fanta citron, elle lui souhaitait une bonne journée avec un sourire charmant, et cela suffisait à le mettre en joie pour le reste de la matinée. Je crois bien qu'il en pinçait pour elle.

Une boutique d'assurances, deux bars-restaurants, une pizzeria et un bureau de poste achevaient de faire battre le cœur tendre de cette bourgade de campagne, active et dynamique.

Annie et Franck Malloré, les parents de Caroline et Samuel, coulaient ainsi des jours heureux à Belleville, au milieu de ces gens tellement gentils et si bien élevés. Ils habitaient dans un quartier résidentiel, à deux pas du centre-ville. Ce qu'ils aimaient par-dessus tout, c'étaient les choses simples... Mais ne vous y trompez pas, faire simple n'est pas donné à tout le monde. Regardez autour de vous : combien de personnes achètent vraiment une voiture pour aller d'un endroit à un autre, ou bien une paire de chaussures simplement pour marcher ? Les gens ne réfléchissaient plus ainsi : ils voulaient tous le téléviseur dernier cri, et des vacances au soleil pour les fêtes de Noël.

Pas les Malloré. Eux, ils étaient différents.

Dans cette famille, on roulait en monospace, le jardin avait sa propre personnalité et tout le monde portait des baskets à scratch. Les boissons pétillantes et les sirops étaient réservés pour les jours d'anniversaire, on buvait de l'eau à table et on jouait au ballon avec des cages en bois, fabrication maison.

Eh oui. Aussi curieux que cela puisse paraître, Samuel et Caroline aimaient mieux construire des cabanes dans les arbres que jouer aux jeux vidéo. Le soir, ils tombaient de fatigue et plongeaient dans une mer pleine de rêves étoilés. Même les marmottes ne dormaient pas aussi profondément, croyez-moi.

Bien sûr, l'adaptation ne fut pas facile. Je dus faire quelques concessions. La première – et non la moindre – concerna le difficile choix de mon prénom.

2.

Le Prénom

Le jour de mon arrivée, les Malloré se réunirent autour de la table pour réfléchir à la question. De mon côté, je m'attendais à porter un prénom raffiné, poétique, fin et subtil, à l'image du beau spécimen que j'étais.

Sans prétention aucune, la nature m'avait plutôt gâté. J'avais le poil magnifiquement soyeux, une belle robe tigrée, blanche et rousse. Des yeux bleus en forme de noisette, très joliment dessinés. Ce n'étaient pas mes seules qualités. J'avais une démarche naturellement chaloupée : je me déplaçais avec grâce, un brin désinvolte, conscient de l'effet hypnotique que je produisais sur ceux qui avaient la chance de croiser mon chemin. Un tel magnétisme était plutôt rare chez les individus de mon espèce. Depuis ma naissance, je n'avais remarqué aucun félin plus distingué dans mon entourage. J'étais jeune, soit, mais j'avais déjà quelques certitudes, et celle-ci en faisait partie : j'avais incontestablement quelque chose de singulier. Je méritais donc un prénom à la hauteur de mon standing.

« Tigrou », par exemple, n'aurait jamais fait l'affaire : beaucoup trop ordinaire. Il était fade, un peu comme une purée de choux-fleurs. Non, je valais beaucoup mieux que ça. Heureusement, tout le monde autour de la table semblait de cet avis, à en juger par la façon dont ils se concentraient pour me trouver un prénom original.

De mon côté, je les écoutais, l'air de rien, tout en m'amusant à faire rebondir un bouchon en liège dans tous les angles de la cuisine. Je ne voulais pas les déconcentrer, alors j'essayais de rester le plus discret possible. Quand j'entendis la voix d'Annie lancer sa première idée, le bouchon partit d'un coup sec et vint se coincer directement derrière le réfrigérateur.

— Pourquoi pas Ron ? proposa-t-elle innocemment, comme elle connaissait la passion de ses enfants pour la célèbre saga anglaise.

« Ça ne va pas, non ? pensai-je en levant subitement le museau, c'est complètement nul, ce prénom ! » Ronald, c'était le prénom du meilleur copain d'Harry Potter. Vous savez, le petit rouquin, un peu balourd, aussi adroit qu'un prêtre normand, avec sa baguette toute cabossée. De mémoire, il avait même de l'acné, dans l'épisode trois. Je soufflai, excédé, et me rapprochai du meuble en râlant.

J'espérais qu'ils passeraient vite à autre chose, et je flanquai quelques coups de patte pour tenter de déloger mon jouet.

— Encore faudrait-il qu'il ait des pouvoirs magiques, répondit Samuel avec une imparable logique.

Si seulement, regrettais-je en moi-même, tandis que je continuais de taper frénétiquement sur le bouchon pour le faire bouger. Ce maudit cylindre ne m'aurait pas résisté très longtemps. Mais il était toujours bloqué derrière le pied du réfrigérateur. Je m'échinais tant bien que mal à vouloir le ramener vers moi, sans succès.

Franck m'observait, perplexe. Au bout d'un moment, peiné, il se leva pour me prêter main forte. D'un simple crochet de l'index, il décoinça le bouchon et, l'instant d'après, ce dernier atterrit directement entre mes pattes.

« Merci », miaulai-je, reconnaissant.

— Apparemment, ce n'est pas le cas, nota-t-il simplement en se redressant, l'air désabusé.

« J'y serais arrivé tout seul », précisai-je, un peu vexé par sa remarque. J'hésitai avant de relancer mon jouet vers l'avant, redoutant un nouvel incident. Finalement, je pris le parti de le laisser de côté et décidai de lustrer mon poil.

L'assemblée passa rapidement à l'idée suivante :

— Pourquoi pas « Carotte » ? demanda alors Caroline de sa petite voix aiguë.

À nouveau, je levai le museau, stupéfait. Elle voulait probablement faire mouche, la pauvre, avec son idée saugrenue. C'était raté !

« Tu n'as rien trouvé de plus ridicule, jeune fille ? demandai-je d'un miaulement incrédule. Un nom de légume. Tu es sérieuse ? »

Elle me regarda, le visage rayonnant de fierté : je la défiai ouvertement en retour. Alors oui, Caroline était vraiment à croquer, comme on dit, avec ses fossettes au coin des lèvres et sa frimousse de poupée Corolle. Cependant, à ce moment-là, j'étais convaincu que deux fils s'étaient touchés par mégarde dans son cerveau. Il était hors de question que je mette une patte dehors avec un prénom pareil. Je ne me gênai pas pour le lui faire savoir, émettant un feulement de protestation qui fut sans équivoque.

— T'es complètement folle, ma pauvre ! s'écria Samuel, outré. Tu veux qu'il devienne la risée du quartier ?

« Bien dit, l'ami ! »

J'étais ravi de constater que Samuel était de mon côté.

— Ton idée, c'est carrément de la maltraitance.

Interpelé, je marquai un temps d'arrêt. Ah bon, tant que ça ? C'est vrai que c'était osé, mais de là à parler de maltraitance, il n'y allait pas avec le dos de la cuillère.

— Quand la SPA viendra sonner à la porte, tu feras moins la maligne !

— N'importe quoi, objecta-t-elle. Tu veux pas que ce soit mon prénom qui soit choisi, c'est tout. T'es jaloux parce que j'ai de meilleures idées que toi !

Il allait rétorquer, quand leur mère s'interposa :

— Ma chérie, opposa Annie pour tenter de calmer les deux mulets qui s'affrontaient, je ne crois pas que ce soit cela le problème. Ce que ton frère essaye de te dire, très maladroitement d'ailleurs, fit-elle en adressant à son fils un regard réprobateur, c'est que ce n'est peut-être pas le prénom le plus judicieux pour un adorable chaton comme lui.

Je hochai la tête, l'air entendu, et me fis la remarque que cette femme avait, indubitablement, un goût certain. Caroline eut beau taper du pied, sa proposition fut abandonnée. Je pensais l'avoir échappé belle... J'allais vite déchanter.

Le ton montait : chaque enfant voulait être mon maître officiel, et leurs idées ne faisaient jamais l'unanimité. La discussion s'envenimait, les esprits s'échauffaient quand, brusquement, Franck se leva et tapa des deux mains sur la table.

D'un geste éloquent, il coupa court aux effusions de voix et un étrange silence s'abattit alors dans la pièce.

Je dressai le museau, oreilles aux aguets :

— Tout d'abord, fit-il d'une voix grave, ce chat est à tout le monde, et chacun d'entre nous devra s'en occuper.

Le ton qu'il employa n'admettait aucune objection.

— Donc, poursuivit-il, inutile de lui attribuer un maître : nous serons tous responsables de lui.

Parfait ! Cet homme comprenait combien j'aimais ma liberté, et je l'en félicitai intérieurement. J'étais convaincu que nous allions bien nous entendre, lui et moi.

— Et puis, pour le prénom, enchaîna-t-il, on ne va pas s'enquiquiner. Un chat, c'est quoi ? Deux oreilles, des moustaches et une queue. On va l'appeler Moustache et puis c'est tout.

« Pardon ? »

Je manquai de m'étrangler et, sous l'effet du choc, mes poils se hérissèrent tout à coup : c'était une véritable douche froide.

Il y eut quelques instants de silence pendant lesquels mon regard alternait nerveusement de l'un à l'autre : quelqu'un allait forcément s'opposer, il ne pouvait en être autrement ! J'étais incrédule. Pas un n'émettait d'objection.

Excédé, j'eus l'idée de pousser un feulement rageur, pour les faire réagir. Ce qui sortit de ma gorge ressembla à tout sauf à ça. On aurait dit un grincement strident, comme l'aurait fait un tiroir métallique grippé par la rouille.

— C'était quoi, ce bruit bizarre ? demanda Caroline, les sourcils froncés.

J'avais à peine deux mois : ma voix n'avait pas encore mué, je me sentis soudain profondément ridicule.

Annie, elle, n'avait même pas entendu. Songeuse, je la voyais balader sa main en l'air, comme si elle était ailleurs :

— Moustache... Moustache, répétait-elle à voix basse.

Elle essayait d'apprécier la musicalité du prénom – tout à fait inexistante, selon moi.

— Hum, oui. C'est plutôt joli ! déclara-t-elle soudain en souriant.

« Pardon ? »

Et pourquoi pas « Oreille » ou « Poil », tant qu'on y est ?

« Les enfants, les suppliai-je d'un regard implorant, s'il vous plaît, dites quelque chose ! »

— Ok, entendis-je, éberlué, Caroline concéder de mauvaise grâce, va pour Moustache.

Comment ça, va pour Moustache ? Mais non, va pas pour Moustache du tout !

Mon regard se tourna vers Samuel.

« Je t'en prie, mon grand, sois raisonnable. »

À présent, il était mon dernier espoir.

Quand je le vis hocher la tête en signe d'approbation, je sus que ma vie entière venait de basculer.

— De toute façon, jugea-t-il bon de préciser, ce n'est pas le plus important.

Je reçus l'argument comme un ultime coup de poignard.

Ben voyons. Pas le plus important, mon prénom ? Très bien. À partir d'aujourd'hui, je t'appellerai Narine. Et toi, Caroline, Auriculaire. Voilà ! Qu'est-ce que vous en dites ?

Annie émit un soupir de soulagement :

— Parfait ! Maintenant que le dossier est clos, les enfants, dit-elle, vous pouvez retourner jouer dans vos chambres. On vous appellera pour dîner d'ici un quart d'heure. Avant d'ajouter :

— Et n'oubliez pas de vous laver les mains avant de redescendre.

Mais ils s'étaient déjà engouffrés dans les escaliers en courant.

J'étais tombé dans une famille de dingues. Quelle humiliation. Mon prénom avait été choisi par hasard. Son importance, balayée d'un revers de main. Je me mis à réfléchir à toute vitesse, galvanisé par une colère nouvelle qui me tordait douloureusement les nerfs. J'eus soudain de grands projets en tête : j'allais déclencher une révolution, mener mes confrères au soulèvement général. Demain, nous serions tous en ordre de bataille, prêts à nous battre pour réclamer plus de considération pour notre espèce, et le respect qui lui était dû. En un mot, je fulminais.

Mais personne ne semblait plus se préoccuper de moi. Annie s'affairait dans la cuisine, pendant que Franck cherchait les couverts pour dresser la table. J'entendais la vaisselle s'entrechoquer dans les placards, la porte du réfrigérateur s'ouvrir et se fermer, l'eau vive couler dans l'évier. On aurait dit qu'ils m'avaient tous oublié. En signe d'indignation, je leur tournai le dos.

Au bout d'un moment, Annie s'approcha de moi. Elle tenait quelque chose dans sa main.

— Tiens, mon joli cœur, voilà pour toi.

Je restai sur mes gardes, méfiant. Pensait-elle vraiment pouvoir se faire pardonner aussi facilement ?

« Non, Madame. Quelques mots doux n'y suffiront pas, feulai-je en tournant le museau vers elle, l'œil mauvais. Il faudra du temps avant que ma blessure ne cicatrise, beaucoup de temps... »

Intérieurement, je doutais même qu'elle y parvienne un jour.

Soudain, je sentis un fumet subtil me chatouiller les narines : une alléchante pâtée arrivait droit dans ma gamelle. Tandis que je me frottais les babines, l'idée que, tout compte fait, le prénom « Moustache » n'était pas si mal me traversa l'esprit. L'instant d'après, je rendais les armes : la révolution attendrait ! Et puis, si ça leur fait plaisir, concédai-je avec la magnanimité du gourmand, au moment même où j'engloutissais ma première bouchée avec des ronronnements de satisfaction nourris.

« Excellent choix, Annie » la félicitai-je en tournant rapidement les yeux vers elle. Fondant, savoureux à souhait... Et ce parfum, quelle merveille !

Je vis qu'elle me souriait en retour.

Finalement, ils avaient peut-être du cœur, dans cette famille, me dis-je en reportant à nouveau mon attention vers la pâtée. En tout cas, ce délicieux émincé de saumon méritait que je creuse quelque peu la question.

3.

Piégé

Les Malloré habitaient une maison modeste mais très coquette, construite en briques rouges. Elle avait des fenêtres en bois, sur le rebord desquelles étaient suspendues des jardinières de pétunias. Les fleurs embaumaient l'air, dès que le soir tombait.

Dès mon arrivée, ce parfum fut pour moi le symbole de ce que je considérais être mon foyer : il n'avait rien à voir avec l'odeur infecte qui régnait dans ma ferme natale. Je ne regrettais pas une seconde d'avoir laissé le fumier aux poules.

Une allée de graviers et deux petites marches en béton menaient à la porte d'entrée. Je me dirigeais toujours vers l'odeur des pétunias pour rentrer : au fil des années, les Malloré avaient pris l'habitude de laisser la fenêtre ouverte, juste derrière, donnant sur la cuisine. En effet, je les avais bien dressés !

La première fois, cet oubli m'avait fortement contrarié. Pendant trois jours, j'avais boudé. Les Malloré étaient partis se coucher avant que je ne sois rentré, et j'avais été obligé de passer la nuit sur la terrasse. En vérité, j'aurais dû plutôt les remercier. Le jardin prolongeait la terrasse en un tapis végétal hirsute, très mal entretenu. Il s'achevait sur une rangée de haies mal taillées. Contrairement à leurs voisins, les Malloré semblaient être fâchés avec la tondeuse.

Cet après-midi-là, donc, je jouais tranquillement dans la pelouse. Je m'amusais à faire des petits bonds, chassant les moucherons qui vibrionnaient en nuées au milieu des herbes hautes. Ces dernières me chatouillaient le ventre à chaque saut. Ça me faisait rire, mais rire !

Une des constructions des enfants était dissimulée sous une touffe d'herbes. Un cube en bois que je n'avais pas vu. Les enfants non plus, j'imagine, puisqu'ils avaient oublié de le ranger. Je payai leur étourderie au prix fort : au bond suivant, j'atterris tête la première à l'intérieur. Ce choc inattendu fit basculer la boîte. Elle se renversa, et le plateau du dessus se referma sur moi. J'entendis alors le bruit sourd du couvercle qui scella mon sort : l'instant d'après, j'étais piégé.

Avec un peu de recul, il était évident qu'un jour ou l'autre, quelqu'un allait se blesser. Ce jardin était une véritable jungle ! L'idée de leur en toucher deux mots me traversa l'esprit, avant que cette dernière ne cède la place à une indescriptible panique : malgré tous mes efforts, je ne parvenais plus à sortir. Je poussai des pattes avant sur le dessus : impossible de soulever le couvercle. Le système de fermeture était grippé. Il avait dû rouiller, avec la chaleur et l'humidité. Très vite, je me mis à suffoquer. Palpitations, sueurs froides, je ressentais tous les signes de l'angoisse. Je me forçai à réfléchir, essayant de calmer ma respiration qui s'emballait.

Je saisis ma première idée au vol : je tentai de faire basculer le cube sur le côté. J'appuyai de toutes mes forces. Il se retourna d'un coup, et mon estomac lui succéda : cette sensation de déséquilibre m'avait donné une violente nausée, je faillis rendre mon déjeuner. Je me mis alors à gesticuler dans tous les sens, mais rien n'y faisait : le couvercle ne bougeait pas d'un pouce. Soudain, un frisson glacial me raidit la nuque, et je dus me rendre à l'évidence : j'étais fait comme un rat.

Durant les heures qui suivirent, j'appelai désespérément à l'aide. Les Malloré ne m'entendirent pas. Ma voix fluette de chaton s'évanouissait dans l'air, avant même d'avoir atteint la terrasse. Je miaulai ainsi tristement, jusqu'à la nuit tombée, sans succès. Avant de se coucher, le soleil emporta mon dernier geignement. Et je n'eus plus la force de rien. J'attendais en silence. Quand la nuit fut tout à fait noire, j'avais définitivement perdu tout espoir : j'allais mourir là, abandonné de tous...

C'est alors qu'il me sembla entendre le feuillage bruisser légèrement. Aussitôt, je dressai l'oreille et fis l'effort de bloquer ma respiration. J'écoutais. Le bruit était imperceptible, mais il était là.

Tout à coup, la possibilité de ne pas finir comme un gâteau sec entre quatre planches de bois me fit sauter de joie. Je m'empressai de me manifester en criant :

— À l'aide, s'il vous plaît ! Je suis coincé !

Les lames étroites de ma cellule étaient disjointes par endroits : elles laissaient passer un filet de lumière douce, blanchi par la lune. Je rassemblai mes forces et jetai un coup d'œil au travers. La seconde qui suivit, une brûlante frayeur tordit mon abdomen. Là, tapi dans l'herbe, à quelques centimètres de moi, une mort bien pire que la captivité m'attendait. À cette vue, j'eus le souffle coupé. Je reculai immédiatement, me réfugiant au fond de la boîte, apeuré. Une chose épouvantable brillait dans l'obscurité.

On aurait dit... un œil. Je veux dire : un œil, seul !

Pareil à un disque de verre, il luisait au milieu des ténèbres. Il miroitait à la faveur de la lune, comme s'il flottait dans le vide. Cette vision cauchemardesque envahit mon esprit et me paralysa tout entier. J'étais tétanisé.

Un affreux dilemme me tortura : valait-il mieux rester là, prisonnier de ce cercueil de bois, en attendant que la mort vienne me cueillir ? Ou bien être dévoré par cette créature maléfique qui m'attendait dehors ? Elle allait me déchiqueter à la première occasion, j'en étais sûr. Elle m'avalerait tout cru. Mon joli pelage lisse et soyeux glisserait sans peine dans son estomac, et c'en serait fini de moi. Cette perspective me donna des frissons jusqu'au bout de la queue.

Ma cellule me sembla tout à coup terriblement douillette. Je m'y blottis, essayant de me convaincre que ce que j'avais vu n'était qu'une hallucination. La peur me troublait l'esprit. Mon imagination s'emballait, voilà tout.

Il y eut un nouveau craquement. La peur resserra un peu plus mon cœur. Non, dus-je reconnaître, ce n'était pas une invention. Quelqu'un était tout proche. Dans le silence pesant de cette horrible nuit, j'entendis distinctement les bruits de pas reprendre. La créature se rapprochait. Je sentis mon pouls accélérer encore. Maintenant, elle était tout près : je pouvais sentir le souffle de son haleine fétide derrière les planches de bois.

Soudain, elle bondit et percuta violemment le cube, provoquant un choc terrible. Je fus propulsé en arrière. Mon assaillant venait de décocher un coup de tête en plein milieu du cube. Le coup fut d'une incroyable sauvagerie, on aurait dit qu'un taureau m'avait chargé. Ma cellule de bois roula, fit trois ou quatre tours sur elle-même, avant de s'arrêter. Pendant tout le temps que durèrent ces cabrioles, je fus vigoureusement secoué de droite à gauche. Je cognai sur chacune des parois qui m'entouraient, sans pouvoir m'opposer.

La créature ne m'offrit que quelques secondes de répit, avant de repartir à l'assaut. Elle bondit sur le haut de la caisse et se mit à asséner des coups d'une extrême violence au-dessus de ma tête, se servant de ses pattes comme s'il s'était agi d'un marteau de plomb : chacun des coups portés fit vibrer mon crâne comme les parois d'un chaudron en fonte.

— Au secours ! Laissez-moi tranquille, hurlai-je sans même avoir conscience des mots qui sortaient de ma gorge. Ils étaient absurdes. À force de crier, ma gorge elle-même avait perdu sa densité. Mais je ne sentais rien : j'étais à moitié sonné.

C'est alors que le couvercle en bois crissa et s'aplatit soudain sur l'herbe. Trente-six chandelles dansaient encore au-dessus de ma tête, quand je sentis tout à coup l'air frais s'engouffrer dans mes poumons. Je souris bêtement. Cette sensation puissante me ramena vite à la conscience.

La seconde d'après, j'entendis une voix rocailleuse déchirer le silence :

— Hé ben, t'attends quoi ?

La créature me pressait de sortir. Je m'entêtais à rester immobile. J'étais assailli par une peur nouvelle. Celle de me retrouver seul, face à elle.

— Sors de là, s'exclama-t-il.

J'hésitai un instant, évaluant mes chances de survie. Cette voix n'avait pas l'air très amicale, et son propriétaire venait cruellement de me secouer comme une noix sur un cocotier.

Voyant qu'il ne bougeait pas, je me forçai tout de même à lever la tête et restai une fraction de seconde ainsi, dévisageant mon prétendu sauveur : une horrible bête étirait son ombre menaçante au-dessus de moi. Quand elle se pencha vers moi, le museau d'un chat se détacha. Il était là, raide comme un piquet. Dressé sur ses pattes avant, il me fixait sans bouger. Son oreille droite était déchirée, je pouvais voir quelques étoiles briller entre les deux morceaux de cartilage.

En d'autres circonstances, j'aurais peut-être trouvé cela poétique, mais mes yeux descendirent de quelques centimètres et mes poils se hérissèrent immédiatement. Dans l'obscurité, il était difficile de distinguer mon interlocuteur avec précision. Le peu que je vis suffit à me glacer le sang... Ses deux pattes étaient striées de cicatrices. À leur vue, je faillis m'évanouir de frayeur. Il les exhibait fièrement, sur le rebord du cube, comme s'il présentait ses trophées de guerre.

Ma vue se troubla, et son épaisse fourrure noire commença à se dédoubler légèrement. Elle était salement amochée. La même couleur opaque recouvrait son corps tout entier, de la pointe des oreilles au bout de la queue, qui battait bizarrement derrière lui. En la regardant de plus près, je vis qu'elle formait un angle inquiétant : elle avait certainement dû être cassée, et ce à plusieurs reprises.

Mais tout cela n'était pas le plus effrayant. Ce chat avait le regard le plus glaçant que j'aie vu de toute ma vie : il était borgne. Et, comble de l'épouvante, il maintenait son œil valide sur moi, comme une provocation. Je fermai les yeux et me mis à prier.

— Ça t'écorcherait le museau de dire merci ? Moi, c'est Mike. J'imagine que c'est toi, le nouveau voisin ?

Je répondis par un timide miaulement.

— Bon... Je vois qu'on a tiré le gros lot.

4.

Mike

Pendant quelques instants, aucun de nous deux ne bougea. Au bout d'un moment, Mike s'impatienta et ses babines se retroussèrent :

— On ne va pas y passer la nuit ! Sors de là, t'as l'air ridicule.

Piqué au vif, je dressai les moustaches.

— On dirait un hérisson qui fait du naturisme, ajouta-t-il en me voyant, roulé en boule au fond de la boîte.

Pardon ? Quelle familiarité. En plus d'avoir un physique ingrat, l'énergumène était mal élevé. Il n'avait aucun sens des convenances ! Cependant, il ne semblait pas me vouloir de mal ; si cela avait été le cas, il aurait eu tout le temps de me sauter à la gorge pendant que j'attendais là, sous ses yeux, ne sachant quoi faire, à la fois paralysé et tremblant de peur.

À cette pensée, j'émis un soupir de soulagement. Il recula pour me laisser le champ libre et je m'extirpai de ma cellule, heureux de retrouver ma liberté. Il inclina légèrement son museau tandis que je m'ébrouais :

— J'ai peut-être qu'un œil, gamin, mais j'ai encore une paire d'oreilles bien affûtées !

Je marquai un temps d'arrêt.

« Gamin... » me répétai-je dans la tête.

Je fis mine d'ignorer sa réflexion : il venait quand même de me tirer d'un sacré bourbier.

— Merci, fis-je en m'efforçant d'afficher un air détaché.

J'essayai de reprendre contenance, mal à l'aise de m'être retrouvé dans une telle situation. Comme s'il lisait dans mes pensées, il ne put s'empêcher de me railler :

— Je te raccompagne jusqu'à chez toi ? Faudrait pas qu'un papillon de nuit ait soudain l'idée de te charger.

Je lui jetai un regard mauvais en prenant bien soin d'y mettre la température d'un congélateur. Il éclata soudain de rire. Je le regardai, médusé :

— Ça va, dit-il, je plaisante, boy-scout*, détends-toi !

Moi ? Un... « boy-scout » ? Non mais je crois rêver.

Je détournai le museau, essayant de préserver ce qui restait de ma dignité :

— J'ai pas encore mes repères, c'est tout. Figure-toi que je viens juste d'emménager, claquai-je, vexé.

....

* Boy-scout : terme qui désigne un jeune membre d'une association de scoutisme, employé au figuré pour parler d'une personne naïve et idéaliste.

— J'imagine que je dois te souhaiter la bienvenue, alors !

Je grognai en retour, avant de l'écouter me raconter d'où il venait lui-même.

Ce vieux traîne-misère habitait la rue des Romarins, juste à côté. Au numéro 12. Chez une dame âgée du nom de Josiane Kravchenko. Tous les soirs, il faisait son petit tour dans le quartier ; c'était comme ça qu'il était tombé sur moi, il m'avait entendu pleurnicher par hasard.

— Josiane Kravchenko ? Connais pas, fis-je valoir pour m'excuser en finissant d'épousseter mon pelage.

« Une bonne toilette s'impose », me dis-je, passant trois coups de langue rapides sur ma robe. Je détestais être aussi négligé, et elle était pleine de brins d'herbe.

— C'est normal : tout le monde ici l'appelle Jojoko, m'informa-t-il. C'est une femme assez étrange, mais elle a bon cœur... Tu la reconnaîtras vite, dit-il d'un air amusé. Dans tout Belleville, c'est la seule qui sonne les cloches à ses plantes vertes !

— Quoi ? fis-je en tournant soudain le museau vers lui, surpris.

Je craignis un instant d'avoir mal compris.

— Elle les trouve trop bruyantes ! dit-il en riant. Elle dit qu'elles parlent sans arrêt, et que ça lui donne mal à la tête. Tu imagines un peu ? Depuis le temps, nos voisins ont l'habitude : ils ne s'étonnent même plus de l'entendre taper dans ses mains pour les faire taire !

Je ne relevai pas.

— Elle a aussi la manie d'ouvrir et de fermer plusieurs fois par jour tous les placards de la maison. Des marottes comme ça, elle en a des tas !

Au fond de moi, j'étais persuadé qu'ils s'étaient bien trouvés.

Comme je restais silencieux, il dut penser que j'attendais la suite, et continua de me brosser son portrait. C'est ainsi que j'appris, qu'avant d'aller se coucher, Jojoko mettait toujours ses vieilles charentaises écossaises dans le frigo. Brrr, j'en frissonnais rien qu'à l'idée.

— Elle adore sentir le froid sur ses pieds, le matin. Elle dit que ça lui rappelle sa Russie natale.

Je l'entendis rire de bon cœur. Apparemment, les excentricités de Jojoko l'amusaient beaucoup tandis qu'à moi, elles ne me faisaient ni chaud ni froid.

— Au début, tu t'en doutes, tout cela m'a un peu surpris, avoua-t-il, tandis que nous cheminions côte à côte pour rentrer. Et puis, au fur et à mesure, je m'y suis habitué.

Arrivés devant la baie vitrée, je le remerciai une nouvelle fois pour son intervention. En vérité, j'avais hâte de mettre fin à cette conversation : on ne pouvait pas dire que je m'étais présenté à mon avantage lors de cette rencontre, et cela me contrariait fortement.

Quel imbécile ! Me retrouver coincé ainsi, bêtement, dans un des jouets des enfants. J'espérais secrètement oublier cela une fois l'estomac plein : une belle gamelle m'attendait certainement à la cuisine.

— Je passerai te voir à l'occasion, achevai-je d'un salut de la patte, soulagé de pouvoir enfin me débarrasser de lui.

L'instant d'après, je cognai lamentablement sur la porte-fenêtre du salon et restai un instant sonné. Un accès de rage me fit alors exploser :

— Ne me dis pas qu'ils ont fermé la porte !

Je me sentais comme une huître oubliée sur la table du réveillon. J'allais devoir passer la nuit dehors. Mike, lui, ne semblait pas particulièrement choqué :

— C'est agréable, tu sais, de dormir à la belle étoile. T'as jamais essayé ?

Un sentiment de profonde indignation s'empara de moi :

— Pardon ? Certainement pas, dis-je avant de poursuivre, le museau outré. Les Malloré sont complètement irresponsables. Adopter un chat, c'est une affaire sérieuse ! Tu crois qu'ils auraient changé leurs habitudes pour moi ? Bien sûr que non, ils sont bien trop égoïstes.

Il sourit, et je vis une lueur moqueuse s'allumer dans son regard :

— Quoi ? Tu n'es pas d'accord qu'ils doivent s'adapter, maintenant que je suis là ?

— Si ! Bien sûr que si.

Je perçus immédiatement l'ironie dans sa voix.

— Dis-donc, je te signale que ce sont eux qui sont venus me chercher. Je n'avais rien demandé, moi !

J'écartai le souvenir de ma patte tendue vers eux, suppliante.

Il me sourit un peu bizarrement :

— Je n'ai rien prévu ce soir. Si tu veux, on peut continuer à tailler la bavette, proposa-t-il.

Je notai l'effort louable pour mettre de la douceur dans ses mots, malgré sa voix grave.

Je pivotai alors vers lui et souris tristement avant de m'apercevoir qu'à présent, il ne me faisait plus peur du tout. Il avait le poil crasseux, certes, et ses crocs jaunes militaient pour une hygiène douteuse, mais il n'avait pas l'air si méchant que ça.

— Merci, fis-je. Ta proposition me touche.

Je posai mon train arrière sur le sol avec un air abattu. De son côté, je le voyais qui furetait un peu partout sur la terrasse. Il reniflait les objets éparpillés, çà et là, comme l'aurait fait un setter anglais. Puis, il leva le museau et s'étonna de voir les torchons pendus aux branches des arbres. L'air incrédule, il s'attarda un instant, avant de laisser son regard glisser vers une bâche plastique en décomposition qui gisait là, en plein milieu du jardin. Je le renseignai avant que lui-même ne m'interroge :

— Les restes du camp militaire des enfants, l'été dernier.

Le jour de mon arrivée, ils avaient pris soin de me raconter que les Indiens avaient mis leurs soldats en déroute juste après, ce qui expliquait le bazar.

Mike eut l'air d'apprécier et sourit.

Je regardai sa gueule cassée, et la curiosité vint à nouveau me chatouiller :

— Dis, Mike... Je peux te poser une question ?

Il grogna. Je pris cela comme une invitation à poursuivre :

— Tu l'as perdu comment, ton œil ?

5.

La Rixe

Au souvenir de cet épisode, Mike soupira et leva la tête :

— Oh, c'était il y a longtemps, répondit-il, avant de revenir s'installer sur un des fauteuils de la terrasse.

— Je me doute, rétorquai-je du tac au tac.

Il tourna soudainement son museau vers moi, comme si un taon l'avait piqué :

— Pourquoi ? Tu insines que je suis vieux ?

Son regard était aussi luisant que celui d'un rapace.

— Euh, non ! Pas du tout, m'excusai-je immédiatement en rentrant instinctivement la tête dans les épaules, telle une tortue se réfugiant dans sa carapace.

Je m'empressai de me justifier, craignant de l'avoir offensé :

— T'as l'air d'avoir de l'expérience, c'est ce que je voulais dire… ça se voit tout de suite.

Il me jaugea un instant en silence, ce dernier seulement troublé par le bruit d'une voiture qui passait au loin dans une rue du quartier.

Il prit le parti d'ignorer ma remarque et émit un léger grognement :

— La vie ne m'a pas fait de cadeaux, déclara-t-il alors, tandis que je reprenais ma respiration.

Même si nous avions établi le contact, l'animal n'avait pas l'air commode : je le soupçonnais de pouvoir dégoupiller à tout instant. Mieux valait rester sur mes gardes.

— En ce temps-là, je vivais dans la rue... Je ne dormais que d'un œil, à cause de cette satanée fourrière.

Une chance qu'il ait pu conserver ses habitudes, pensai-je en prenant soin de garder cette réflexion hautement pertinente sous silence.

— Les habitants du quartier sollicitaient les policiers jour et nuit. Qu'est-ce qu'ils ont pu me courir après, ces branquignols, avec leur filet à la main ! dit-il en se fendant d'un rire gras.

Il marqua une pause et s'allongea sur la terrasse en bois, les pattes croisées.

— À cette époque, poursuivit-il, j'allais tous les soirs à la déchetterie pour me ravitailler. Je n'étais pas difficile, je me contentais de ce que je trouvais. En ce temps-là, un vieux morceau de poulet ou une arête de sardine faisait très bien l'affaire... L'essentiel, c'était surtout d'avoir quelque chose à manger.

J'eus un violent haut-le-cœur et chassai immédiatement ces images de mets infects de ma pensée. Je concentrai mon attention sur le souvenir délicieux de la pâtée de bœuf que m'avait servie Annie, le matin même. En fin de compte je n'étais pas si mal loti.

— L'endroit était mal fréquenté. Et je n'étais pas seul à me battre pour survivre.

Je l'écoutais d'une oreille nettement plus compatissante à présent.

Il afficha un air plus grave, avant de continuer :

— En ce temps-là, vois-tu, je n'étais qu'un vulgaire chat de gouttière. Je faisais peur à tout le monde avec ma dégaine ! Les autres n'osaient pas se frotter à moi et, en général, ils me laissaient tranquille.

Soudain, il fit une étrange grimace. On aurait dit qu'il venait d'avaler du jus de citron. Pur.

— Un soir, je fus pris à partie dans une violente bagarre...

Son œil s'anima alors d'une lueur étrange : manifestement, le souvenir de cet épisode lui était encore douloureux.

— J'ai foncé dans le tas, prêt à en découdre avec chacun des zonards qui tentaient de me faire la peau. Ah ça, ils ne m'ont pas raté ! J'ai rendu coup pour coup, tu peux me croire, aussi longtemps que je le pouvais !

Il me regardait droit dans les yeux, et je vis une flamme nouvelle s'y allumer soudain.

— Plus jeune, j'étais une vraie tête brûlée.

L'instant d'après, un voile de tristesse retomba sur son museau, qui fit baisser son regard comme s'il se sentait soudain honteux.

— Mais ils étaient trop nombreux, ils sont parvenus très vite à prendre le dessus.

Il observa un instant de silence.

— Ces crapules m'ont laissé à moitié inconscient, là, au milieu de toute cette puanteur. Je suis resté comme ça, toute la nuit. J'agonisais entre un étendoir à linge cassé et un aspirateur à demi éventré, j'avais du sang partout sur le corps...

Je repensai à mon cube de bois et, pour la seconde fois, je me fis la réflexion qu'en vérité, j'étais incroyablement chanceux.

Mike eut ensuite une absence soudaine, et je vis son regard se perdre dans le vague.

J'étais impatient de savoir comment il avait réussi à s'en sortir, je jugeai néanmoins préférable de le laisser se recueillir un moment.

Au bout d'un certain temps, je risquai timidement une relance :

— Et... que s'est-il passé, ensuite ?

Cette question le fit aussitôt revenir à lui. Il m'adressa un grand sourire, puis déclara simplement :

— Jojoko m'a sauvé.

C'était donc ainsi qu'ils s'étaient rencontrés, pensai-je.

— Elle passe souvent à la déchetterie pour y récupérer des vieilleries. C'est là qu'elle m'a trouvé, le lendemain matin. J'étais dans un état lamentable. Mes chances de survie étaient très faibles. Mais elle, elle ne s'est pas posé la moindre question : elle m'a immédiatement conduit chez le vétérinaire de Belleville !

Il fit une pause.

— Je serais mort, ce jour-là, sans son intervention...

Nous échangeâmes un regard. Tout à coup, Mike me parut plus fragile. Il se dégageait de lui une tristesse profonde, toute-puissante, et terriblement touchante. Mike avait une personnalité à part. Son caractère respirait la solitude et le renfermé, mais il témoignait aussi d'une farouche combativité. Sa détermination, forte, faisait vibrer quelque chose de très pur en lui : c'était sans doute cela, l'élégance de la fierté...

Bon, d'accord, cette élégance s'arrêtait là. Mais rares étaient ceux qui en avaient autant dans le ventre, songeai-je, tandis que je repensais à mes réactions premières de poule mouillée. Quelques minutes auparavant, j'avais été moi-même un parfait trouillard, il était inutile de le nier.

Quand il reprit son récit, je rivai sur lui un regard neuf, empreint d'admiration.

— J'avais une dette envers elle. Une fois remis sur pied, j'ai donc voulu aller la remercier. C'était la moindre des choses, non ?

Je fis un mouvement de tête en signe d'approbation.

— Au moment où je suis arrivé, elle ouvrait la porte à un représentant. Au départ, j'ai pensé qu'il valait mieux repasser, mais quelque chose dans l'attitude du vendeur a immédiatement retenu mon attention...

6.

Jojoko

— Qu'est-ce qu'il avait ? m'étonnai-je, curieux.

— Il était louche, c'est tout.

Je dressai le museau :

— Louche ?

Venant d'un borgne, c'était plutôt drôle. Je me retins néanmoins de rire : Mike affichait un air sérieux, et je ne voulais pas prendre le risque de le vexer. Le sujet avait l'air sensible.

— Je ne sais pas comment l'expliquer. Il avait un sourire à mille dents accroché au visage qui m'a semblé faux. D'instinct, j'ai su qu'il préparait un mauvais coup.

Il marqua une pause.

— Alors, plutôt que de partir, j'ai préféré me rapprocher et écouter ce qu'il disait.

Mike se posta à la fenêtre et, discrètement, il les espionna.

L'homme insistait – un peu trop lourdement à son goût – pour vendre à Jojoko une gamme de cosmétiques dont les vertus purifiantes étaient soi-disant spectaculaires. Mike se fit aussitôt la réflexion qu'il avait eu raison de se méfier : cet homme en faisait un peu trop pour être sincère. Il en déduisit que ses intentions étaient sûrement loin d'être charitables. Il observa la façon décontractée avec laquelle le représentant s'installait sur une des chaises de la cuisine, comme s'il était chez lui.

Il l'entendit alors dérouler un à un la liste de ses arguments de vente, marquant une pause de temps à autre pour siroter une gorgée. La vieille dame lui avait poliment offert un café. Le vendeur faisait exprès de le boire tout doucement. Il prenait son temps, comme un pêcheur appâterait un hameçon.

— Je me doutais qu'il allait lui jouer un sale tour. J'ai le flair pour ces types-là.

Très vite, Jojoko ne parvint plus à s'en dépêtrer : le représentant, coriace, avait réponse à tout. Il lui suggérait même de souscrire un abonnement mensuel, afin qu'elle soit directement livrée par le service postal.

— Grâce à cet avantage unique, que nous n'offrons qu'à notre clientèle privilégiée – et vous avez la chance immense d'en faire partie – vous n'aurez même plus à vous déplacer. N'est-ce pas une nouvelle formidable ?

— Mais enfin... je n'ai pas besoin de toutes ces crèmes, objectait-elle, désespérée.

— Vous êtes une femme coquette, cela se voit tout de suite, la flattait-il d'une voix mielleuse. Croyez-moi, ces produits-là sont révolutionnaires. Vous sentirez immédiatement la différence sur votre peau, et ce, dès la première application !

Bien entendu, les produits dont il vantait les mérites n'étaient autres que des invendus de magasins discount.

— Monsieur... Regardez par exemple, celle-ci : c'est un masque contre l'acné. À mon âge, je me demande bien ce que j'en ferais.

— Généreuse comme vous êtes, vous n'aurez qu'à l'offrir à l'un de vos petits-enfants, répondit-il, imperturbable.

Un voile gris passa devant les yeux de la vieille dame.

— Malheureusement, c'est impossible. Je n'ai pas de famille.

Le représentant fit mine de compatir :

— Ah... C'est triste, en effet.

Avant de rebondir, sur un ton presque guilleret :

— Mais vous avez des amis, qui n'en a pas ? Vous ne me ferez pas croire qu'il n'y a aucun adolescent boutonneux dans votre entourage ! Allons donc, je suis sûr qu'en cherchant bien, vous trouverez un petit jeune qui se débat dans les affres de l'âge ingrat. Ce dernier ne pourra que se montrer reconnaissant, croyez-moi.

D'où il se trouvait, Mike ne perdait rien de la scène grotesque qui se jouait sous ses yeux. Il regardait Jojoko farfouiller nerveusement dans le panier d'échantillons, et commençait sérieusement à bouillir. Il sentait son ventre se tordre de pitié et de colère mêlées tandis que la vieille dame ajustait d'une main tremblotante les demi-lunes de sa paire de lunettes. Ses verres, en plus d'être rayés, ne semblaient plus du tout adaptés à sa vue, ce qui la rendit encore plus vulnérable à ses yeux.

— D'accord pour celle-ci, continua-t-elle, peu convaincue, mais que ferais-je donc d'un... « au-to-bron-zant » ? balbutia-elle en déchiffrant maladroitement l'inscription collée sur le tube juste à côté.

Selon toute vraisemblance, ce devait être la première fois qu'elle prononçait ce mot.

— Ne vous y trompez pas, cette crème est le produit phare de la gamme ! Elle vous donnera un teint hâlé, dit-il, étouffant un petit rire, à faire pâlir d'envie vos amies du club de bridge !

Jojoko semblait moyennement goûter la plaisanterie, et les sourcils de la vieille dame, lassée, s'affaissèrent juste après.

— Vous passerez pour une des retraitées les plus chanceuses du quartier. Celle qui peut s'offrir des vacances toute l'année !

Visiblement, il semblait très satisfait de sa nouvelle parade.

De son côté, Mike vit à nouveau Jojoko souffler. Une terrible colère montait en lui. Elle tambourinait dans ses veines si violemment, qu'il s'étonna même d'avoir réussi à la contenir jusque-là. Jojoko n'était inscrite à aucun club, ne partait jamais en vacances et avait malheureusement très peu d'amis, Mike le savait. Elle entretenait des relations courtoises avec les voisins du quartier, mais de là à ce qu'elle les considère comme des amis...

À cet instant précis, Mike vit subitement Jojoko flancher. L'instant d'après, elle n'eut plus le moindre courage de tenir tête au représentant. Elle n'espérait qu'une chose : qu'il s'en aille, et, de préférence, le plus vite possible.

Ces signes de reddition n'échappèrent pas à son interlocuteur. À sa mine réjouie, Mike supposa qu'il se félicitait d'avoir déniché une proie aussi facile pour refourguer ses abonnements. En effet, cette nouvelle souscription lui générerait une grasse commission, qui lui permettrait même de décrocher la prime du meilleur vendeur à domicile du mois. Il voyait déjà son portrait s'afficher en grand sur le site Internet de l'entreprise.

Mike, l'œil révulsé, écouta Jojoko protester une dernière fois, d'une voix désespérée :

— Elles coûtent un prix faramineux, je n'ai pas les moyens, dit-elle, je suis vraiment désolée.

— Je vous comprends, Madame. Heureusement, j'ai la solution ! s'écria-t-il à nouveau d'un ton victorieux.

Mike sentait l'estocade finale se préparer.

— Nous offrons des facilités de paiement, Madame, en trois, cinq ou dix fois. Et ceci, évidemment, sans frais additionnels !

Les yeux du représentant brillaient d'un éclat presque diabolique :

— Vous voyez, nous savons ménager nos clients, déclara-t-il, au moment même où un bulletin d'adhésion et un stylo tout neuf se matérialisaient sur la table comme par magie. Tenez, dit-il en les lui tendant, ceci est un formulaire d'inscription : vous n'avez plus qu'à signer dans le cadre en bas et après, promis, je vous laisse tranquille.

Jojoko était sur le point de se faire plumer. Pour Mike, c'en était trop. Il bondit dans la cuisine et se mit furieusement à grogner, feulant méchamment en direction du vendeur et le menaçant de son œil borgne, le poil hérissé de colère. Sa queue, elle, avait quasiment triplé de volume. L'autre, surpris, eut aussitôt du mal à déglutir. À peine cicatrisé, l'œil de Mike avait un aspect particulièrement effrayant. À cette vue, le représentant étrangla un cri de peur et, l'instant d'après, il en menait beaucoup moins large.

— Il est à vous ce chat ? articula l'escroc en opérant un rapide mouvement de recul. Qu'est-ce qu'il lui prend ?

— Euh, eh bien, balbutia Jojoko qui ne savait quoi répondre.

Ce dernier leva l'index en direction de Mike et le replia presque aussitôt, craignant qu'il ne le lui morde.

— Regardez, il bave ! dit-il, les yeux grands ouverts.

Une soudaine panique s'empara de lui.

— On dirait qu'il a la rage !

Mike continuait de fixer le représentant avec un regard menaçant, plus noir que ne l'était sa fourrure électrique. Son œil encore valide jetait des éclairs en direction de l'homme qui ne parvenait plus à dissimuler la peur qui l'étouffait... Le visage de ce dernier, saisi d'effroi, était devenu aussi pâle que la mort.

— Bon, déclara-t-il soudain en se levant, je crois qu'il serait plus raisonnable que je vous laisse réfléchir.

Ce n'était plus qu'une question de temps. D'un instant à l'autre, Mike allait lui sauter à la gorge. L'homme fit glisser le document sur la table, recula prudemment puis empoigna son attaché-case avant de repousser légèrement la chaise et de tourner les talons directement vers la sortie. L'instant d'après, il détala sans demander son reste, faisant bruyamment claquer la porte derrière lui.

— Eh bien, on dirait que je te dois une fière chandelle, lança Jojoko, interloquée, qui regardait par la fenêtre l'escroc s'engouffrer dans sa voiture à la hâte. Pour toute réponse, Mike s'approcha et se frotta à ses bas de contention, ronronnant de satisfaction.

— Mais, je te reconnais ! C'est toi que j'ai trouvé à la déchetterie, n'est-ce pas ?

Il confirma d'un miaulement bref. Elle sourit.

— Ça te dirait de boire un peu de lait ? lui demanda-t-elle d'une voix douce.

C'est alors que, subitement, elle tourna la tête et se mit à taper dans ses mains :

— Taisez-vous donc ! s'exclama-t-elle, agacée.

Mike marqua un temps d'arrêt, perplexe, se demandant ce qu'il lui prenait. Il chercha dans la pièce une autre présence que la sienne, en vain.

— Ces orchidées, alors. Qu'est-ce qu'elles chantent faux, tu ne trouves pas ?

Il dévisagea Jojoko quelques instants, avant de se rappeler qu'il l'avait déjà vue agir ainsi. Jojoko fit un effort pour se concentrer avant de reprendre là où elle en était, l'air de rien :

— Bon, ne bouge pas. Il doit bien me rester quelque chose au frigo.

À partir de ce jour-là, Mike et Jojoko ne s'étaient plus jamais quittés.

Quand Mike eut fini de me raconter cette histoire, il adopta alors une voix aux accents devenus très sages :

— Tu vois, Moustache, c'est ça la clé, pour s'intégrer.

Je le regardai bêtement, ignorant où il voulait en venir.

— Pourquoi crois-tu que je t'ai raconté cette histoire, boy-scout ?

Mon expression, figée, ne lui donna d'autre choix que de continuer :

— En vérité, dans un foyer, il n'y a pas de secret. Pour trouver sa place, il faut prendre soin les uns des autres. C'est aussi simple que ça.

Pour que les Malloré prennent soin de moi, il fallait donc également que je prenne soin d'eux ? Mais, ce n'était pas marqué dans le contrat, ça.

— Ils t'ont adopté. Maintenant, c'est sur eux que tu dois veiller.

J'observai trois jours de bouderie, pour la forme, avant de mettre ses conseils en pratique. Je passai alors la majeure partie de mon temps auprès des Malloré : je les écoutais, les accompagnais partout où ils allaient. M'empressais de les cajoler quand ils rentraient fatigués. C'est ainsi que, comme ce dernier me l'avait annoncé, je fus un jour considéré comme un membre de la famille à part entière : je ne trouvai plus jamais la fenêtre de la cuisine fermée.

Et très vite, je sus que Mike deviendrait mon meilleur ami.

7.

L'Annonce

Comme tous les matins, nous prenions le petit-déjeuner dans la cuisine. J'étais privilégié : Annie me servait toujours le premier. Pour être honnête, elle n'avait pas vraiment le choix car, comme on dit, ventre affamé n'a point d'oreilles. Le matin, le mien passait son temps à casser celles des autres !

Dès qu'elle allumait la lumière, je dévalais les escaliers quatre à quatre en miaulant à la mort :

« Aaarghhhh... À moi, j'ai faim ! Je meuuuuurs de faim ! »

Puis je la pressais, nerveux :

« Y'a quoi à manger ? Dis, y'a quoi ? Elles sont où les croquettes ? Hé, t'as acheté une nouvelle pâtée ? »

Pour finir enfin par couiner :

« J'ai la tête qui tourne, au secours, je me sens fébrile. »

Oui, mon attitude ressemblait de près à du harcèlement. Je n'étais pas patient, l'estomac creux. Je la suivais partout, comme un paparazzi*.

Cela n'avait pas l'air de l'alarmer. De son côté, elle prenait soin de m'éviter en souriant, d'un air à moitié désespéré :

— Oui, Moustache, j'ai compris, ça arrive.

Elle tentait par tous les moyens de me faire patienter ; elle mesurait certainement mal à quel point je souffrais. Quand enfin elle déposait ma gamelle sur le carrelage, je me jetais sauvagement dessus et j'allais jusqu'à pousser sa main pour engloutir son contenu au plus vite. Bien que ce ne fût pas le cas, je devais passer pour un ingrat.

— Et voilà pour toi, mon petit cœur.

Et c'est ainsi qu'Annie me ramenait subitement à la vie. Au fil du temps, ce rituel matinal nous avait rapprochés, elle et moi. Annie était une très belle femme, brune, mince, au sourire franc, qui mettait instantanément les gens à l'aise. Elle avait de grands yeux marron, qui pétillaient de joie dès qu'elle se levait, et des joues creuses sous de petites pommettes osseuses. J'adorais les taches de rousseur qu'elle avait sur le visage : son teint pâle les mettait joliment en valeur.

Souvent, un chignon relevait ses cheveux bouclés. Elle les avait longs jusqu'aux épaules. Elle les attachait rarement

* Paparazzi : photographe qui prend des photos indiscrètes de personnalités connues.

avec une pince, c'était trop d'organisation. Le plus souvent, elle le faisait avec ce qui lui tombait sous la main, un élastique ou un crayon, selon l'inspiration. Elle aimait avoir la nuque dégagée quand elle travaillait, et les cheveux lâchés quand elle se reposait. Cette femme avait une beauté naturelle à couper le souffle. Et, pour tout vous dire, j'en pinçais méchamment pour elle.

Je la trouvais particulièrement élégante, ce jour-là, dans son tailleur bleu et blanc subtilement rayé. Elle avait probablement un rendez-vous important. Le seul obstacle entre elle et moi, finalement, c'était son mari. Je me demandais d'ailleurs souvent ce qu'elle lui trouvait. Depuis l'histoire de mon prénom, j'avais une dent contre lui. C'était un fait. Mais, au cours de ces derniers mois, j'avais aussi eu l'occasion de l'observer attentivement. Et c'était un homme on ne peut plus ordinaire, croyez-moi.

Franck avait les cheveux châtains, coupés court, et il était de taille moyenne. Ni grand ni petit. Ni maigre ni gros. Comme je vous le disais, il était quelconque. Désespérément banal. Si commun, que rien ne le distinguait particulièrement de ses autres congénères.

Cela dit, comme je ressentais un peu de peine pour lui, je faisais peut-être un portrait trop flatteur. En vérité, entre sa calvitie naissante, son ventre rebondi et ses verres progressifs qui lui agrandissaient les yeux outrageusement (quand il les mettait, il ressemblait à un saumon d'élevage), il fallait avouer qu'il avait la quarantaine plutôt ingrate, le pauvre.

De son côté, il feignait une parfaite indifférence à mon égard. Je n'étais pas dupe : mon élégance et ma fougueuse jeunesse devaient fortement l'agacer. J'avais également étudié les traits de sa personnalité avec attention : bien qu'il occupât la place du chef de famille, il n'était franchement pas à la hauteur de cette fonction. En premier lieu, il était tête en l'air et terriblement maladroit. En plus de ça, il était souvent distrait : il n'écoutait que d'une oreille, ce qui obligeait régulièrement Annie à se répéter. Je me demandais parfois où elle puisait une telle patience. Au-delà de ce tempérament étourdi, Franck n'était pas manuel pour un sou. De sa vie, il n'avait jamais réussi à utiliser correctement une visseuse ! Par conséquent, tout ce qu'il bricolait dans la maison pouvait à tout moment vous rester dans les mains. Mieux valait le savoir, question de sécurité. Pour finir, il était nul au foot et ne savait pas non plus raconter les blagues. Les enfants ne manquaient pas de se moquer de lui à ce sujet. Lui feignait d'en rire, bêtement. Mais, au fond, il devait bien se rendre compte qu'il se ridiculisait.

S'il me faisait pitié le plus souvent, il m'agaçait aussi parfois prodigieusement : il avait toujours le dernier mot. Et je ne parvenais pas à comprendre pourquoi. Comme s'il était doté d'une autorité naturelle, que seuls les Malloré pouvaient percevoir. À un moment, je me suis même demandé s'il n'était pas un peu sorcier. Avec moi, toutefois, cela ne marchait pas. Il ne m'impressionnait absolument pas. Je me rassurais intérieurement. Un jour ou l'autre, Annie ouvrirait fatalement les yeux : j'étais tellement plus attachant que lui. Tôt ou tard, elle finirait par le quitter. Et, ce jour-là, elle me tomberait dans les pattes, je le savais. Il me suffisait simplement de patienter.

Un bruit sec mit un terme à ces réflexions et me fit lever la tête. En haut, les portes s'étaient mises à claquer : les autres membres de la famille allaient débarquer, sonnant ainsi la fin de notre tête-à-tête privilégié.

Généralement, c'était Caroline qui descendait la première. Le matin, ses yeux ressemblaient à deux belles pâquerettes sous l'étendard de ses cheveux en bataille. Elle portait une coupe courte, blonde comme les blés, et avait la peau plus claire que du lait de soja. Son visage d'ange était un leurre : la petite fille pouvait se transformer en monstre si vous osiez lui parler avant qu'elle ait pu finir d'avaler son petit-déjeuner.

Tous les matins, Annie la laissait donc se réveiller sans la brusquer, dans le silence le plus complet. De temps à autre, elle jetait un rapide coup d'œil vers sa fille et la regardait discrètement siroter son bol de chocolat chaud, à petites gorgées, les yeux perdus dans le vague.

Si Caroline avait besoin de temps pour émerger, son frère, lui, démarrait au quart de tour. Il filait directement sous la douche et ressortait, deux minutes plus tard, frais comme un gardon. Il passait ensuite un gros quart d'heure à essayer de discipliner sa mèche brune : elle lui tombait invariablement sur le front tant que le gel n'avait pas séché. Dire qu'il était écrit « Fixation extrême » sur le tube. On entendait l'adolescent de quatorze ans arriver de loin : il écrasait chaque marche de l'escalier d'un pas lourd et puissant. Il se déplaçait avec l'agilité du lion et la souplesse d'un éléphant en surpoids. Comment réussissait-il cet exploit ? En toute honnêteté, je l'ignorais. Mais cela m'amusait.

Franck, enfin, venait les rejoindre en dernier. Il faisait généralement son entrée, l'œil rivé sur sa montre, toujours pressé, resserrant un nœud de cravate plus ou moins bâclé selon les jours.

Une fois qu'ils furent tous réunis en bas, Annie et Franck échangèrent un regard, puis se retournèrent vers leurs enfants.

Ils avaient une annonce à leur faire :

— Sam, Caro, vous voulez bien écouter une minute, s'il vous plaît ? Nous avons quelque chose d'important à vous dire.

Ils levèrent aussitôt le nez. De mon côté, je me figeai, oreilles dressées.

Annie prit une profonde inspiration, avant de déclarer :

— Nous avons demandé à Mamie Henriette de venir vous garder cette semaine, balança-t-elle alors d'une traite.

À leurs mines défaites, on aurait dit qu'elle venait de lâcher une bombe. Aussitôt, de vives protestations s'élevèrent : les enfants n'avaient pas l'air contents du tout.

8.
Henriette

— Quoi, s'exclama alors Caroline. C'est une blague ?

— Votre père et moi avons beaucoup de travail à l'agence, fit valoir Annie qui semblait se justifier. Nous avons accepté de suivre un gros dossier, on vous en a parlé il y a quelques semaines déjà.

Annie avait ouvert avec son mari une agence immobilière, juste après la naissance de Samuel, voilà près de treize ans. Aujourd'hui, leur petite entreprise marchait plutôt bien. L'agence avait acquis une solide notoriété au village et beaucoup de Bellevillois leur faisaient confiance pour vendre ou acquérir un bien. Leur organisation était simple. Annie était chargée de la clientèle ; Franck, lui, s'occupait plus spécifiquement de la gestion administrative de l'agence.

— On va devoir partir quelques jours en déplacement, poursuivit son époux. C'est la solution la plus simple pour éviter que vous ne manquiez l'école.

Samuel se remit à touiller son bol de céréales :

— Super... La double peine.

Annie fit mine d'ignorer son commentaire.

— Mamie ne vient pas beaucoup nous voir, regretta-t-elle avec un petit sourire navré, et c'est bien dommage.

Le silence borné des enfants vint se heurter à la moue faussement réjouie d'Annie. Elle cherchait à dissimuler un malaise qui semblait pourtant évident. D'ailleurs, elle se pinça l'arête du nez juste après. C'était un geste embarrassé, je la connaissais : elle appréhendait clairement la suite de la conversation, je compris rapidement pourquoi.

— Son train arrive en gare de Belleville, ce soir.

Effectivement, Samuel et sa sœur bondirent immédiatement. Ils tournèrent vivement la tête vers elle, et je vis l'incrédulité se peindre sur leurs visages défaits.

— Quoi ? Ce soir, répétèrent-ils en se redressant d'un bond, refusant d'y croire. Ils écarquillaient des yeux ronds comme des billes, visiblement choqués.

Annie se contenta de confirmer d'un bref mouvement de tête avant de fixer ses pieds. Elle garda les yeux baissés quelques secondes, comme si elle redoutait d'avoir à affronter les regards courroucés qu'ils lui jetaient.

Franck décida de prendre le relais, s'empressant ainsi d'ajouter :

— Nous irons la chercher à 19 heures. Tous ensemble !

Caroline allait parler quand il leva la main pour l'interrompre :

— Ce n'est pas la peine d'essayer de négocier, votre présence à nos côtés ce soir est obligatoire !

De rage, elle tapa dans un pied de chaise, et le regretta aussitôt. Intérieurement, je souriai. Ce n'était pas faute de lui répéter, elle ne voulait jamais porter de pantoufles à ses pieds. Têtue, je la vis serrer fièrement les dents. De son côté, Samuel avait sur le visage l'expression d'un collégien informé un 4 juillet d'un report imprévu des vacances d'été.

— Et vous avez attendu le dernier moment pour nous le dire, bien sûr ! gronda la petite fille.

Caroline avait l'air particulièrement excédée. Cela dit, le reproche n'était pas volé. Malgré la réponse négative auquel il s'attendait, Samuel tenta tout de même de suggérer une autre idée :

— Pour une fois, on ne pourrait pas rester seuls à la maison ? On fera bien attention, on suivra toutes vos recommandations à la lettre.

— Non, il n'en est pas question ! On ne sait jamais ce qui peut arriver, fit son père d'une voix affirmée.

Caroline et Samuel échangèrent un regard déçu, avant qu'une affreuse grimace ne vienne déformer leurs traits.

Pour ma part, je trouvais leurs réactions assez surprenantes, ce qui me conduisit à m'interroger. Toutes les mamies que je connaissais autour de moi étaient foncièrement gentilles. Plutôt calmes. Et d'un naturel bienveillant. Elles avaient une patience étonnante, surtout en compagnie des enfants. Quand elles étendaient leur linge, j'aimais passer sous leurs fils et renifler l'odeur de la lessive qui s'en dégageait. Elle sentait bon les souvenirs d'enfance. Leurs draps, eux, avaient toujours une odeur de pin frais ou de lavande. Je les voyais souvent faire, quand je me promenais devant leurs fenêtres : elles chantaient en se dandinant, plumeau à la main, époussetant le haut de leurs placards en écoutant de la musique rétro à la radio. Elles fredonnaient des airs vieux comme le monde. Des airs oubliés, que plus personne, à part elles, ne connaissaient. Ça me plaisait de les voir ainsi se trémousser. Je venais souvent les observer, j'aimais les entendre s'activer dès les premières heures de la journée. La plupart du temps, un grand sourire égayait leurs traits. Et quand elles me voyaient miauler, elles me donnaient toujours quelque chose à manger. Elles savouraient l'instant présent et étaient toujours d'une humeur enjouée. Si elles se plaignaient parfois, cela ne durait jamais... Elles préféraient voir le bon côté de la vie. Au fond d'elles, elles avaient peut-être conscience qu'elles avaient de la chance d'être encore en bonne santé, et elles se forçaient à profiter du temps qu'il leur restait.

Et leurs petits plats... Oh, mon Dieu, leurs bons petits plats ! Qu'est-ce que j'en raffolais. Leurs pâtisseries, particulièrement, étaient à tomber.

— Je comprends que vous ne soyez pas enchantés, reprit Annie. Néanmoins, j'aimerais que vous fassiez des efforts. La dernière fois, si vous aviez daigné un peu plus lui parler, son séjour aurait été plus agréable pour tout le monde. Je suis d'ailleurs surprise qu'elle ait accepté de revenir vous garder.

Caroline, aussitôt, s'insurgea :

— On peut savoir ce qu'on a fait ?

Aussitôt, les traits de Franck se crispèrent. Apparemment, les dernières fêtes de Noël leur avaient laissé des souvenirs divergents :

— Vous voulez que je vous rafraîchisse la mémoire ? répondit-il, sourcils froncés. Vous ne lui avez presque pas adressé la parole. Comme toujours, vous n'en avez fait qu'à votre tête. Souvenez-vous : vous sautiez partout, sans arrêt ! Je vous soupçonne même de l'avoir fait exprès, juste pour l'embêter. Elle n'a pas réussi à faire la sieste une seule fois, la pauvre, et elle est repartie avec une migraine énorme.

— Bien fait pour elle !

— Caroline ! la reprit son père.

L'instant d'après, les épaules de la petite fille s'affaissèrent.

— Mais elle est pas drôle, Mamie, grommela-t-elle. Elle est tout le temps de mauvaise humeur. J'ai pas envie d'être gentille avec elle.

Sam hocha la tête pour valider :

— Elle ne nous décroche pas un mot, sauf pour nous donner des ordres, ajouta-t-il. Elle passe son temps à tout nous interdire. On n'a pas le droit de faire du vélo : ça la stresse. Pas le droit de sauter : ça la fatigue. Pas le droit de regarder la télé : elle ne supporte pas de rater ses programmes préférés !

Caroline émit un profond soupir.

— En fait, je crois qu'elle nous déteste.

Je surpris Franck et Annie échanger un regard interloqué.

— Ce n'est absolument pas vrai, ma chérie.

Manifestement, cette dernière n'était pas convaincue.

— Et c'est réciproque. Nous aussi on la déteste ! On va devoir s'enfermer dans notre chambre toute la semaine. Avec elle, c'est le seul moyen d'avoir la paix.

Samuel tapa du poing sur la table.

— Il n'en est pas question !

Je vis Caroline le regarder, avant de réagir, et de se lever.

— T'as raison. On va pas se laisser faire. On est chez nous !

La rébellion était sur le point d'éclater, mais Franck leur coupa l'herbe sous le pied : il les somma de se calmer immédiatement, sous peine d'une punition. Samuel obtempéra le premier et, d'une voix plus tempérée, essaya de lui expliquer :

— On dirait que vous ne comprenez pas.

Il ouvrit ses mains en signe d'impuissance, puis, d'un air désolé, souffla :

— Quand elle est là, on a l'impression d'être au bagne.

— C'est quoi, le bagne ? demanda Caroline d'un air ignorant.

— Une prison, la renseigna aussitôt son frère d'un ton sec.

Je m'aperçus alors que le visage de ce dernier avait perdu toute sa gaieté. D'ordinaire si rieur, il s'était fermé. Des heures plus sombres s'annonçaient, et on aurait dit que, déjà, il se projetait.

Caroline prit le temps de plisser ses paupières, avant de feindre l'illumination soudaine :

— C'est exactement ça. Il a raison, c'est le bagne quand elle est là.

Franck secoua la tête :

— Les enfants, vous exagérez !

Annie semblait du même avis, ce qui lui donna envie de les réprimander elle aussi :

— Vous êtes trop sévères avec elle. Mamie Henriette est âgée, leur rappela-t-elle, et elle vit seule depuis des années. Changer ses habitudes n'est pas facile pour elle.

J'entendis Samuel souffler à nouveau, l'air profondément contrarié :

— On sait... N'empêche qu'on en a marre. Elle ne fait que râler, et c'est toujours à nous de faire des efforts !

À ces mots, je souris. Ils étaient effectivement de la même lignée, cela ne faisait aucun doute.

— Elle me dit sans arrêt que je dois surveiller mes manières. Que j'arrête pas de crier, que je suis toujours mal coiffée !

Caroline laissa passer une courte pause.

— C'est même pas vrai, poursuivit-elle.

Et, tandis qu'elle bougonnait, elle glissa machinalement son doigt dans une des narines qui la chatouillait. Je regardais Samuel qui la fixait, amusé, tandis qu'elle continuait de fourrager son nez. Le visage du garçon se fendit d'un grand sourire en déplaçant son regard sur les épis de sa chevelure ébouriffée.

— Qu'est-ce que t'as à me regarder ?

De mon côté, je replongeai le museau dans mes croquettes. Je devais avouer qu'après tout ce que j'avais entendu, je n'avais pas hâte de faire sa connaissance non plus.

— C'est vrai qu'elle peut paraître un peu dure, parfois, dit Franck en avalant d'un trait sa dernière gorgée de café. Vous réprimander, c'est sa façon à elle, un peu maladroite, de s'occuper de vous... Mais c'est votre grand-mère, acheva-t-il, et vous lui devez le respect !

Il y eut un moment de silence, seulement troublé par le bruit de la tasse qu'il posa bruyamment dans l'évier.

Je le vis s'agiter, signe qu'il était temps d'enchaîner sur la journée. Il se mit en quête de son trousseau de clés, qu'il venait à nouveau d'égarer. Pour ma part, je pensais naïvement que la conversation était close. Je m'apprêtais donc à poursuivre ma toilette, essayant de me rappeler où j'en étais resté. Ah oui ! Ma manucure ! Il me fallait impérativement la finir avant de pouvoir sortir. Je me reculai un instant pour admirer le travail : mes griffes étaient superbes. Un petit coup de lime, et elles seraient parfaites.

J'allais m'exécuter, lorsque j'entendis Caroline poser une dernière question. Celle-ci me fit dresser les oreilles, sans que j'en comprenne véritablement la raison :

— Qu'est-ce qu'elle compte faire de Rousquille ?

Ce prénom m'était totalement inconnu. Pourtant, à son évocation, je sentis mon pelage s'animer d'un étrange frisson.

9.

Rousquille

Je levai le museau, interpellé. Rousquille ? Qui c'est ça, Rousquille ?

— Elle la prend, évidemment. Tu sais bien qu'elles sont inséparables.

Je sentis soudain un étrange malaise croître en moi.

— Comment on va faire avec Moustache ? s'inquiéta Samuel.

Instinctivement, j'eus la certitude que je n'allais pas aimer la suite. Franck, lui, ne semblait pas s'alarmer outre mesure :

— Eh bien, il faudra cohabiter. S'organiser au mieux. Éviter les conflits, comme avec Mamie. Moustache et le caniche de Henriette s'entendront peut-être très bien, qui sait ?

Quoi ? Un caniche allait débarquer à la maison ? À ces mots, je faillis m'étrangler et, juste après, j'eus la désagréable impression que la pièce vacillait. Il fallait appeler un vétérinaire de toute urgence, j'étais sûrement en train de faire un malaise cardiaque !

« Qui sait ? » qu'il demandait... Moi, je savais. Je n'avais même aucun doute à ce sujet. Félins et canidés ne se supportent pas, c'est comme ça. Depuis la nuit des temps, notre espèce et la leur se détestent cordialement.

— Quel enthousiasme ! ironisa Franck.

Il me décocha un rapide clin d'œil que j'accueillis comme une gifle. Il ne manquait pas d'air, celui-là. S'entendre comme chien et chat, ça ne lui disait donc rien ?

Peu après, Franck interrogea d'un regard bref la pendule accrochée au mur, avant de s'affoler :

— Vite, les enfants, l'heure tourne ! Avec tout ça, on va encore être à la bourre !

Comme tous les matins, les enfants étaient à deux doigts de rater le bus. Il passait à huit heures exactement, à l'angle de leur rue et de l'allée des Glycines. Il était huit heures moins dix.

De mon côté, je n'en revenais toujours pas. Un chien allait débarquer chez nous. Que dis-je, un chien. Plutôt une teigne à quatre pattes, une montagne d'égocentrisme, une alarme anti-sieste, capricieuse et sonore ! Il en était hors de question. Ah ça non, je n'étais pas d'accord. Mon esprit bouillonnait. Je devais à tout prix trouver un moyen d'empêcher cette catastrophe d'arriver.

Résignés, Caroline et Samuel se levèrent et achevèrent de se préparer. Deux manteaux et quatre bruits de scratch plus tard, je tournais encore en rond, toujours à la recherche d'une éventuelle solution.

— Franck, dit Annie en pressant son mari, j'espère que tu n'as pas oublié, nous avons rendez-vous à l'ouverture avec M. et Mme Dubois. La signature du compromis, tu t'en souviens ?

Je miaulai vigoureusement : de quoi parlaient-ils donc ?

« Un instant, voulez-vous : nous n'avons pas fini cette discussion ! »

— Euh, bien sûr que non ! Le contrat est rédigé, je dois juste remettre la main dessus, dit-il en avalant à la hâte le reste de sa tartine grillée, l'air soudain préoccupé.

À ses pieds, je rageais comme un forcené – toute proportion gardée. C'était surtout ma fureur, qui était colossale.

Ce dernier m'ignora superbement et je le vis passer devant moi, sans s'arrêter, puis filer vers le bureau pour plonger son nez dans des dossiers qu'il se mit à feuilleter nerveusement.

— Le contrat ne doit pas être bien loin, disait-il en se grattant vigoureusement le front.

« Vous m'entendez, nom d'une chouette ? » feulai-je, contrarié.

Je suivis les Malloré à tour de rôle, naviguant de l'entrée au bureau, en passant par le salon, opérant mille allers-retours.

Je cherchais par tous les moyens à attirer leur attention. Rien n'y faisait : on aurait dit qu'ils s'en fichaient.

Annie attrapa son sac à main et s'empara des clés de la voiture, que Franck n'avait toujours pas trouvées ; elle allait partir d'une seconde à l'autre. Mon cœur fit un soudain bond en avant : elle devait absolument m'écouter avant de s'en aller.

— J'y vais. Tu n'as qu'à me rejoindre à l'agence, quand tu l'auras retrouvé.

Franck revint quelques secondes après, brandissant victorieusement un dossier froissé :

— Pas la peine, s'exclama-t-il. Je l'ai !

Diable, c'était trop demander que de m'écouter à la fin ? La dernière image que j'aperçus avant qu'ils ne s'éclipsent fut celle du sourire d'Annie quand Franck lui ouvrit – faussement galant – la porte du garage.

« Quelle classe », pensai-je, mauvais.

Presque en même temps, j'entendis la porte d'entrée claquer dans mon dos. Je me retournai et constatai que les enfants, eux aussi, étaient partis. J'avais eu beau gesticuler, m'échiner à feuler comme un beau diable, les Malloré m'avaient délibérément planté au milieu du salon.

Je restai là, figé un moment. Ils m'avaient abandonné. Ils m'avaient laissé seul, sans clore la discussion. J'ignorais ce qui me retenait de déverser ma colère sur ce pauvre porte-parapluie ridicule en forme de hibou posté là, face à moi. À ce moment-là, j'aurais haï la Terre entière. Je le regardais qui me fixait, l'œil rond. En retour, de rage, je lui crachai au visage. Il dut sentir à qui il avait affaire, je vis qu'il ne bronchait pas. Copiner avec un chien, on n'avait pas idée. Qu'ils me demandent plutôt de traverser le Nil, embarqué dans une péniche pleine à craquer de purin ou de thon périmé, j'accepterais plus volontiers.

Le soir même, Samuel s'empressa de me raconter l'arrivée de sa grand-mère. Le hall de la gare était quasiment désert. Quelques badauds attendaient en silence le seul train annoncé de la soirée. Sur le quai, un homme lisait le journal, les sourcils froncés : à la une, un article portant sur une vague de cambriolages faisait les gros titres.

Mamie Henriette descendit de son wagon à 18 heures 57 précises. Elle était déjà raide comme un manche à balai, et d'une humeur détestable. Cela ne me surprit pas : je m'étais déjà fait ma petite idée, peu de temps après que la voiture se fut garée dans l'allée.

10.
Le Débarquement

J'étais déjà installé quand Franck coupa le moteur du monospace. Habilement caché entre les branches du marronnier, j'avais choisi l'endroit parfait pour espionner. Ma vigie était idéale : elle me plaçait aux premières loges, tout en me dissimulant aux yeux des Malloré. Je trépignais d'impatience. J'étais tellement pressé de mettre un visage sur nos invités !

Rapidement, l'arrivée de Mamie Henriette prit un tour assez cocasse : elle avait un mal fou à s'extraire de la voiture, et, bientôt, la scène fut à mourir de rire. Peinant à sortir, elle essayait de prendre appui sur le haut de l'habitacle, grommelant et gesticulant sur son siège d'avant en arrière, comme un gros culbuto.

Franck s'aperçut de ses difficultés. Aimablement, il voulut l'aider. Il lui tendit gentiment la main mais cette dernière la repoussa d'un geste sec avant de s'exclamer, outrée :

— Je suis une dame âgée, mon cher Franck, pas une vieille femme impotente !

La mégère n'avait pas encore posé un pied à terre qu'elle crachait déjà du feu.

Perché sur mon arbre, je me bidonnais en détaillant la mine déconfite du père. Le pauvre, il était tout penaud.

« Bien fait pour toi ! » pensai-je, mauvais.

Et, tandis qu'il remballait sa charité mal avisée dans sa poche, je ne pus m'empêcher de sourire. Rancunier j'étais, rancunier je resterais.

— Par contre, poursuivit Henriette en le rappelant d'un ton sec, je vous serais reconnaissante de vous occuper de mes affaires. Faites attention à mon sac bleu : il y a à l'intérieur des choses auxquelles je tiens beaucoup.

Elle marqua une courte pause avant d'ajouter :

— N'y allez pas comme une corneille qui abat des noix, Franck, je vous connais !

Et bim ! Deux à zéro : le match commençait fort.

Franck haussa les sourcils, je vis un petit sourire crispé se dessiner sur son visage.

— Je ferai de mon mieux pour contenir ma force légendaire, Henriette, répondit-il, ironique, en se courbant légèrement.

Puis, il se dirigea vers l'arrière de la voiture, balançant ses longs bras mous, d'un air dépité.

À présent qu'elle s'était fâchée, plus personne n'osait lui proposer son aide pour s'extraire de la voiture. Et Henriette dut encore s'y reprendre à trois fois avant de trouver le bon élan. La mère d'Annie n'avait pourtant pas un physique très imposant : elle n'était pas bien grande, un mètre soixante-cinq tout au plus. De corpulence assez forte, sans être ventripotente pour autant. De loin, elle ressemblait à n'importe quelle dame âgée un peu replète. Néanmoins, son teint pâle rappelait celui de ceux qui sortent peu de chez eux. Ses cheveux étaient tout blancs. De loin, ils ressemblaient à la crête des montagnes en plein hiver. Pas une mèche ne détonnait, comme s'ils avaient oublié qu'un jour, ils avaient irradié de couleur. La grisaille elle-même les avait abandonnés depuis longtemps. Sa coiffure, stricte, était tirée autour d'un chignon. Le volume de ce dernier, hissé très en hauteur, débordait au-dessus de son crâne. Avec un peu de courage, on aurait pu discerner les nombreuses épingles qui l'échafaudaient, bien que cette coiffure fût aussi serrée qu'alambiquée. Il aurait simplement fallu approcher correctement son nez.

Secrètement, je priai pour ne jamais avoir à coller ma truffe délicate d'aussi près. La sienne était elle-même ornée de grosses lunettes d'écailles. La monture, épaisse, lui mangeait le tiers du visage.

Je reculai. Avec un attirail pareil, elle aurait été capable de me repérer, perché là-haut, en train de les espionner. Par réflexe, je me ratatinai derrière les branches du marronnier et attendis que quelques secondes fussent passées, avant d'oser à nouveau hasarder mon museau en direction de l'allée.

Je surpris une nouvelle expression crispée sur son visage. Je supposai à la tête qu'elle faisait que l'air frais du jardin l'importunait. Je la vis frissonner légèrement, puis renouer son foulard en soie autour de sa nuque. D'un geste sec, elle resserra également la sangle de son imperméable beige. Elle cintra sa taille avec une telle rudesse que son profil, déjà guindé, gagna encore quelques degrés de sévérité : elle était à présent aussi raide qu'un manche à balai. Avec son air renfrogné, sa longue jupe plissée et ses chaussettes blanches sortant de ses bottines, rigoureusement serrées aux chevilles, à hauteur parfaitement identique, Henriette dégageait une apparence particulièrement austère : j'eus un mal fou à m'imaginer sur ses genoux, en train de ronronner, tandis qu'elle visionnait le radio-crochet, à demi somnolente, devant la télé. Les enfants avaient raison, sa venue n'augurait rien de bon.

Henriette jeta un coup d'œil circulaire aux abords de la maison. Elle scruta méthodiquement les alentours, la bouche pincée. La rue était calme et silencieuse, mais ses traits se contractèrent tout de même. Un léger bruit de pas écrasait le gravier. C'étaient ceux de Franck. Il déchargeait les bagages à grand-peine, le front luisant de sueur. Henriette lui jeta un bref coup d'œil, agacée, avant de préférer garder sous silence un commentaire désobligeant qui lui brûlait les lèvres. Le réprimander dut lui sembler inopportun : elle ne savait pas voyager léger, le coffre était plein à craquer.

Alors que je reportais à nouveau mon regard sur elle, je fus attiré par un détail que, jusque-là, je n'avais pas remarqué. L'instant d'après, je sentis une décharge électrique me traverser. Dans une main, Henriette serrait fermement son sac en cuir marron. À cela, rien d'alarmant. Dans l'autre, par contre, elle tenait quelque chose qui ressemblait à une fine cordelette.

— Allez, ma puce, dit-elle de sa voix singulière, à la fois douce et diablement autoritaire. Descends de la voiture, nous sommes arrivés. Elle tira un léger coup sur la laisse.

Ma nuque se raidit brusquement au moment où je vis cette dernière ramollir. Je sentis mon corps se figer et, l'instant d'après, ce que je découvris acheva de me paralyser tout à fait.

11.

De froides retrouvailles

C'était une vision des plus horribles. Une petite boule de poils, frisée, toute blanche, sortit de la voiture en gigotant. Ce ne pouvait être que Rousquille, aucun doute. En bon soldat obéissant, le caniche descendit du véhicule et vint se poster à côté de sa maîtresse.

À cette vue, je fus pris d'un violent vertige. Je perdis l'équilibre et sentis mon corps basculer dangereusement en arrière. Par chance, un heureux réflexe me fit agripper une branche voisine, évitant ainsi une chute de plusieurs mètres. Le cœur battant, je remontai péniblement sur mon poste d'observation et attendis quelques secondes de reprendre calmement mes esprits.

Quand je réussis enfin à poser à nouveau mon regard sur elle, mon estomac, déjà noué, se resserra encore davantage. Ce qui se trouvait sous mes yeux dépassait de loin mes pires cauchemars. Un caniche de petite taille, au dos bien droit, toiletté de frais (à en juger par son poil brillant et bien taillé) se tenait sagement au pied de la gorgone*. La tête bouclée, légèrement oblique, Rousquille attendait patiemment qu'on lui dise quoi faire et où aller.

Au premier abord, elle paraissait tout à fait inoffensive. Cependant, son regard ne trompait pas : il étincelait d'arrogance et de fierté.

J'étais paniqué. Si, de là où je me trouvais, sa simple vue me provoquait déjà une telle émotion, qu'adviendrait-il lorsque nous serions face à face ? Sans surprise, une évidence s'imposa à moi : elle n'avait pas posé une patte dans la maison que je la détestais déjà !

Dans tous les lieux que j'avais fréquentés, on clamait haut et fort que les caniches étaient les pires, et de loin, parmi toutes les races de chiens. Ils étaient insupportables. Malcolm, le chat de Mme Lebrin, en savait quelque chose : une amie du cousin de la tante de la fleuriste en possédait un, c'est dire s'il connaissait le sujet. Il nous rejoignait parfois le soir, derrière le local poubelle de la mairie, et nous racontait à quoi il assistait.

Il ne mâchait pas ses mots quand il en parlait. Pour lui, les caniches étaient de véritables plaies. Des tortionnaires de l'ouïe, qu'il disait. Je le croyais bien volontiers. Des alarmes

* Gorgone : créature de la mythologie grecque, souvent représentée comme un monstre.

ambulantes, qui aboyaient au moindre bruit. Et réputés, par-dessus le marché, pour être aussi pourris gâtés qu'un nouveau-né. Manifestement, cela ne s'arrangeait pas avec les années. Ils devenaient de pire en pire, précisait-il, à mesure que leurs maîtres vieillissaient.

Je regardai Henriette, puis frissonnai. Cette vieille mégère était tout sauf le perdreau de l'année.

— Avance, ma chérie, commanda la grand-mère.

— Oui, laisse-moi juste fermer le coffre et j'arrive, lui répondit sa fille.

— Mais enfin, fit l'autre d'un air consterné. Ce n'est pas à toi que je parle, Annie. C'est à Rousquille, voyons !

Franck leva le pouce en direction de sa femme, avant de lui sourire. En retour, cette dernière haussa les épaules, une expression fataliste sur le visage. Réussir à communiquer pour elles, c'était un peu comme traverser un carrefour à une heure de pointe : même si l'objectif était simple, des obstacles rendaient toujours la tâche très compliquée.

Pendant ce temps, Caroline et Samuel s'étaient avancés vers le palier. Ils attendaient qu'on leur ouvre la porte. Je les observais, de plus en plus inquiet : tous les deux tiraient des têtes d'enterrement. Annie leur adressa un signe de tête, les encourageant du regard à dire un mot à leur grand-mère afin de réchauffer un peu l'atmosphère.

Samuel, qui était le plus conciliant des deux, s'y colla à regret :

— Alors, pas trop fatiguée du voyage, Mamie ? la questionna-t-il sans grand enthousiasme.

Cette dernière les toisa avec la mine d'un banquier qui s'adresserait à des clients à découvert.

— Ma foi, je ne suis pas du genre à me plaindre...

Le frère et la sœur échangèrent un regard complice. J'en compris la nature en entendant la suite, et ne pus m'empêcher de sourire.

— Maintenant qu'on en parle, entre le bruit du train, les arrêts à répétition et les gens pendus au téléphone, ce n'était vraiment pas un parcours de santé.

Il y eut un silence.

— Enfin, je suis arrivée, acheva-t-elle d'une voix lasse, c'est l'essentiel.

— Ouais. Heureusement que tu n'es pas du genre à te plaindre, lui rétorqua Caroline sans sourciller.

Henriette resta figée un instant, la mine déconfite. En réaction à l'effronterie de sa petite-fille, elle émit un profond soupir et, juste après, un nouveau silence gêné s'installa dans la tiédeur du soir qui tombait.

Le malaise était palpable. Annie fusilla sa fille du regard et, tandis que la petite chipie lui retournait un sourire faussement innocent, elle saisit l'occasion d'informer Henriette des dispositions prises quelques heures plus tôt avec son mari :

— Franck va monter tes affaires dans la chambre de Sam. Nous avons pensé que tu serais plus tranquille à l'étage.

— Pourquoi ce changement ? réagit l'autre immédiatement. Le canapé du salon me convenait très bien la dernière fois.

— Je pensais que tu serais mieux installée, tu disais que les passages te dérangeaient.

Cette réponse sembla vivement la surprendre :

— Cela m'étonnerait !

Elle tira sur sa manche d'un air pincé.

— Je sais parfaitement m'adapter, ce n'est pas la peine de tout chambouler.

Les regards des enfants se croisèrent une seconde, suffisante pour comprendre. À nouveau, je souris.

— Si tu préfères le canapé, on peut toujours changer.

— Si c'est ce que vous avez décidé, je m'y conformerai. Loin de moi l'idée de perturber l'organisation adoptée ! Après tout, pour le temps que je vais rester... Une petite semaine, c'est bien ce que vous avez dit ?

— Oui. Enfin, si tout se passe comme prévu. Nous partons tôt demain matin.

Annie jeta un bref regard vers ses enfants.

— Nous rentrerons aussi vite que possible, c'est promis.

— Hum, j'espère bien. Il ne manquerait plus que vous profitiez de l'occasion pour partir en vacances, retourna-t-elle à sa fille d'un ton ouvertement soupçonneux.

Franck prit une profonde inspiration, rassemblant toute sa patience avant de répondre :

— Si seulement. Cela nous ferait le plus grand bien, croyez-moi !

Henriette fronça ses narines, puis épousseta le dessus de son épaule sur laquelle une poussière imaginaire venait de tomber.

— Voyez-vous, j'ai dû jongler pour me libérer, enchaîna-t-elle dans la foulée, faisant ainsi valoir un emploi du temps chargé.

Je devinai à la tête d'Annie que cette dernière n'en croyait pas un mot. Cependant, elle se garda de tout commentaire, et passa ensuite aux remerciements d'usage :

— En tout cas, nous te remercions d'avoir accepté de garder les enfants cette semaine. Cela leur fait très plaisir de te voir ! dit-elle, adressant un regard suppliant à ces derniers, qui les priait d'acquiescer.

Ce qu'ils firent, de bien mauvaise grâce.

— Nous sommes ravis, entendis-je Samuel articuler.

On aurait dit que cette phrase avait été prononcée par un automate enrayé.

Henriette ne releva pas. Elle tira un petit coup sec sur la laisse, puis s'avança vers la maison. Les membres de la famille lui emboîtèrent le pas. Et, une fois les bagages rentrés, Franck referma la porte sur cette nouvelle vie qui s'annonçait.

Le claquement de la porte, qui m'était pourtant si familier, me fit étrangement sursauter. Ma nervosité n'avait cessé d'augmenter depuis leur arrivée. Maintenant que je les avais observés, j'en étais persuadé : même si je m'y étais préparé, j'avais sous-estimé nos invités.

La semaine promettait d'être plus compliquée que je l'imaginais.

12.

Un chat devenu indispensable

Je sentis qu'une nuit plus fraîche que d'ordinaire venait de tomber sur le quartier des Glycines. Bien que nous ne fussions qu'au début du mois d'octobre, les journées avaient déjà commencé à raccourcir. Cependant, l'arrivée d'Henriette nous avait définitivement mis un pied dans l'hiver.

Je pris une seconde pour apprécier le calme invisible qui enveloppait à nouveau le jardin. Il serait de courte durée, je le savais. Je décidai tout de même d'en profiter quelques instants. Mon cœur venait de faire une violente embardée, il me fallait trouver un moyen de l'apaiser. Je contemplai les arbres autour de moi, peu concernés par ce qui venait de se passer. Imperturbables, ils déroulaient leurs sublimes couleurs automnales : de beaux rouges orangés et de magnifiques dégradés de jaunes, à peine brunis, se répondaient sur des branchages un peu déplumés, désespérément immobiles. Indifférents à la légère brise qui faisait bruisser leurs feuilles, ils ne semblaient pas sentir arriver le danger.

Je n'étais pas dupe. Une tempête approchait à grands pas, et elle avait un nom : Henriette. J'ignorais totalement quand elle allait éclater. En revanche, il y avait une chose que je savais. Le jour où elle s'abattrait, je ne serai pas le dernier épargné.

Je redescendis de mon poste de garde, faisant bien attention à ne pas trébucher. Malgré mes multiples précautions, je glissai maladroitement et me rattrapai à nouveau à une branche au dernier moment. Décidément, pour un chat, j'étais un bien piètre équilibriste ! La dernière fois, Franck s'était d'ailleurs bien moqué de moi. J'y repensais tandis que je posais la patte sur l'herbe fraîche de la pelouse.

C'était un dimanche. Comme à son habitude, il lisait le journal, m'observant du coin de l'œil. Installé sur une chaise, juste en face de lui, je faisais ma toilette. Je me contorsionnais, lissant ma fourrure avec application quand je m'aperçus soudain qu'un nœud me résistait. J'étais en train de mordiller la base de cet enroulement de poils et j'avais du mal à en venir à bout. Tant et si bien que, juste après l'avoir délogé, je perdis l'équilibre et basculai ridiculement en arrière, avant de tomber au sol. Je me redressai aussitôt, stupéfait et honteux. C'était trop tard : Franck, incrédule, avait suivi ma chute tout du long.

Il éclata alors de rire :

— Eh bien, eh bien, Moustache, que s'est-il passé ? me railla-t-il, taquin. Un faux mouvement, une attaque de brigands ?

Cette interpellation me prit au dépourvu. Vexé, je répondis par un grognement mauvais.

Annie travaillait dans la salle à manger. Intriguée, elle décrocha le regard de son ordinateur pour s'enquérir de ce qui se passait :

— Tout va bien ? demanda-t-elle.

— Moustache a dégringolé de la chaise en faisant sa toilette, répondit Franck redoublant d'hilarité. Il s'est écroulé par terre comme un bleu* ! T'aurais dû voir ça, c'était d'un ridicule !

Il riait tant que des larmes commençaient à lui perler au bord des yeux. De mon côté, je me sentais terriblement humilié.

— Chérie, fit-il en se tenant les côtes, je crois que nous sommes les seuls à posséder un chat dépourvu du sens de l'équilibre !

Au souvenir de ma chute pitoyable, Franck se mit à nouveau à rire. Annie, compatissante, me gratifia alors d'une caresse, avant de rappeler à son mari qu'il n'avait pas vraiment de leçon à donner :

* Bleu : jeune recrue de l'armée.

— Et toi, combien de fois t'es-tu coupé en te rasant, tu peux me le dire ? Laisse-le un peu tranquille !

À l'énoncé de cette simple vérité, il eut le bec cloué. Une nouvelle fois, j'eus la conviction qu'un lien fort nous unissait. Elle ne l'avait pas clairement formulé, il lui fallait encore du temps pour se l'avouer. Pour ma part, j'en étais persuadé : Annie et moi étions destinés à nous aimer. Franck dut sentir le vent tourner, il arrêta aussi sec de se moquer.

Je songeais avec émotion au chemin parcouru depuis mon arrivée tandis que je traversais le jardin, ce soir-là. Excepté Franck, aucun Malloré ne résistait à l'envie de me cajoler. Et je m'y prêtais bien volontiers. J'étais devenu indispensable à leur bonheur.

Caroline, par exemple, me livrait toujours le contenu de sa journée dès qu'elle rentrait de l'école. Elle me cherchait partout dans la maison, impatiente de me trouver. J'avoue que le CE2 n'était pas vraiment passionnant, mais qu'importe. Car ses caresses étaient tellement douces. Après le goûter, elle venait systématiquement me grattouiller derrière l'oreille. De mon côté, je ronronnais de bonheur : j'avais le cœur en fête. Elle me cajolait et me parlait de Nathan, son grand copain, qui faisait deux fois sa taille et semblait déjà avoir fait sa mue. Quand il parlait, sa voix dérapait, suivant la courbe des montagnes russes. Ils collectionnaient ensemble des tas de choses : des timbres, des cailloux, des pièces de monnaie qui provenaient de tous les pays du monde. Elle adorait me montrer tous ces objets. Moi, soyons honnête, je m'en moquais. Mais je trouvais important que mon oreille bien peignée fasse l'effort de l'écouter. Elle me livrait tous ses secrets, c'était une grande responsabilité. Elle me racontait Déborah, la peste de sa classe, une petite blonde aux cheveux longs qui, malgré son visage d'ange, passait son temps à lui chercher des ennuis.

Samuel, de son côté, était incontestablement le plus secret des deux. Il n'en demeurait pas moins attachant. Il rappelait souvent sa sœur à l'ordre. Il lui disait de me laisser tranquille, que je n'étais pas un jouet. Car, même sans parler, lui et moi, on se comprenait. Il aimait sa liberté, il préservait aussi la mienne.

Chaque soir, à la nuit tombée, je me glissais par la chatière de l'entrée et je filais en direction de l'étage. Je m'arrêtais devant sa chambre, levais la patte et poussais doucement la porte. J'avais beau faire attention, elle grinçait toujours un peu quand elle s'ouvrait. L'instant d'après, j'atterrissais avec légèreté sur sa couette. C'était toujours le même rituel. Samuel ouvrait un œil pour me saluer, avant de s'écarter, pour que je puisse moi-même correctement m'installer. Je me frottais contre son pyjama quelques instants en ronronnant, puis je m'allongeais contre lui. Sa respiration avait le don de me bercer. Ainsi pelotonné, je m'endormais comme un bébé !

Aujourd'hui, je le reconnaissais bien volontiers : des jours heureux coulaient pour moi au 27, rue des Lilas. Tandis que j'y pensais, les propos de Franck me revinrent subitement en mémoire. Alors oui, j'avais effectivement deux oreilles, une queue et des moustaches, mais j'étais devenu Moustache Malloré, le chat adoré de la famille Malloré.

Dans ma tête, tout était clair : cette place, je l'avais gagnée. C'était la mienne. Personne ne me la ravirait, quel que soit le prix à payer !

13.

L'Installation

Résolu à en savoir davantage sur nos invitées, j'approchai de la façade arrière de la maison puis, silencieusement, effectuai un grand saut pour atteindre le rebord d'une des fenêtres vitrées du salon. Des pantoufles en feutre n'auraient pas produit moins de bruit.

Jetant un œil à l'intérieur, je vis passer la frêle silhouette de Caroline : on lui avait demandé de monter un bol à l'étage. Elle se concentrait sur l'objet avec la plus grande attention, de crainte d'en renverser maladroitement le contenu sur le carrelage du salon.

Bizarrement, je m'aperçus que Franck avait disparu. Cela ne m'étonnait qu'à moitié : à tous les coups, ce lâche était parti se planquer. Annie et Sam, eux, faisaient des allers-retours entre la cuisine et le salon, dressant la table au plus vite.

De là où je me trouvais, j'avais l'impression d'écouter une conversation téléphonique un peu hachée :

— Tu en penses qu- Ma-n, je so- la c-rb-eille à pain ? Je coupe des tr-ches -tôt f-nes ou -paisses ?

J'entendais mal.

— Peu imp- m- chér-, fais comme tu -fères, ça -ra très bien tant que tu ne te coupes pas un d-, répondit-elle, tandis que je grimaçais, frustré.

Je pris la décision de descendre du rebord de cette fenêtre et d'aller me percher quelques mètres plus loin, près de celle de la cuisine.

La réception s'améliora, mais je restai toutefois sur mes gardes. Ainsi posté, j'étais plus exposé.

— Tu es gentil de me donner un coup de main, Samuel.

Il émit un léger grognement, avant de rétorquer :

— Tu sais, entre supporter les râleries de Mamie à l'étage ou t'aider à mettre la table, le choix est vite fait.

Annie mima une révérence, balayant l'air d'un tour de bras :

— Ta générosité te perdra, lança-t-elle, avec une expression qui oscillait entre un rire évident et une note de désespoir.

Malgré des échanges à voix basse, je distinguais sans peine ce qu'ils disaient :

— Tu l'as bien vu quand elle est arrivée, non ? À peine descendue du train, elle ne pouvait déjà pas s'empêcher de rouspéter.

Je revis en image l'arrivée de la matrone, son pas décidé écrasant le tapis de l'entrée, sa façon de lisser le pli de son imperméable pour effacer toute marque pénible du voyage. Son ton arrogant et autoritaire, tandis qu'elle s'adressait à Franck, résonnait encore dans mes oreilles. Ne vous méprenez pas, je ne le plaignais pas. J'appréhendais plutôt la suite. Cette attitude, en effet, ne signifiait rien de bon.

On aurait dit que cette femme avait été déçue par la moitié de la planète et se méfiait comme de la peste de la moitié restante ! Difficile de croire qu'Annie était sa fille, tant les personnalités des deux femmes étaient diamétralement opposées.

Je vis cette dernière poser une carafe d'eau sur la table et, d'un geste, la faire glisser vers son fils.

— Mamie Henriette a eu une vie difficile, tu sais bien.

— Oui, je sais, répondit-il en récitant à toute vitesse la succession des faits qu'il connaissait par cœur. Papy est mort quand tu étais petite, et, du jour au lendemain, elle s'est retrouvée seule. Elle a dû tout assumer. Elle est devenue de plus en plus aigrie, les années ne l'ont pas arrangée !

Le jeune homme marqua une pause.

— À mon avis, au départ, elle avait quand même un sacré potentiel, balança-t-il en souriant.

Il rit de l'effet que sa réflexion avait produit : sa mère faisait une tête de trois kilomètres.

— Eh bien, dit-elle en lui roulant de gros yeux, quel résumé édifiant ! Je ne te félicite pas.

« Il n'y est pas allé de main morte » me dis-je, amusé.

— Ben quoi ? s'exclama-t-il. Grosso modo, c'est ce que tu nous as raconté, non ? fit-il d'un air faussement innocent.

Elle leva les sourcils. Une moue réprobatrice lui fronçait le visage.

— Je pense tout de même avoir fait preuve d'une ou deux subtilités supplémentaires, jeune homme, dit-elle en secouant la tête d'un air mécontent.

Puis, son regard changea subitement, et elle resta pensive un moment.

— Mais tu as raison dans un sens, avoua-t-elle, résignée. Elle s'est retrouvée veuve très jeune, à devoir à la fois m'élever et travailler. À l'époque, je n'étais encore qu'un bébé. Ce n'était pas facile de tout gérer.

Elle fit une pause.

— Et puis, j'ai rencontré ton père. Nous sommes immédiatement tombés très amoureux.

À ces mots, mon museau se tordit. La jalousie venait encore de me piquer douloureusement le cœur. De rage, je feulai. Mais personne à l'intérieur ne le remarqua.

— J'ai décidé de partir avec lui. Du jour au lendemain, j'ai quitté la maison familiale. Je l'ai laissée seule.

— Et quoi ? Elle n'avait qu'à se remarier !

Je le vis un instant réfléchir à ce qu'il venait de dire.

— C'est vrai qu'avec son caractère, les prétendants ne se seraient peut-être pas bousculés au portillon. Cela dit, chaque pot a son couvercle !

— Ce n'est pas si simple. Elle l'avait trouvé, son couvercle, figure-toi, dit-elle en souriant. Papy était son grand amour ! Elle n'a jamais voulu d'autre homme dans sa vie.

Elle émit un bref soupir, avant de reprendre :

— Un jour, toi aussi, tu sauras ce que c'est le grand amour. Quand on le perd, Monsieur Je-sais-tout, dit-elle en lui chatouillant le nez avec un torchon, on ne le remplace pas en un claquement de doigts !

Elle marqua à nouveau une pause, pensive, imaginant probablement à quoi ressemblerait sa vie sans Franck.

« Ne t'en fais pas, Annie, je serai toujours là, moi » miaulai-je en caressant tendrement la vitre de la patte.

Un voile gris lui tomba sur les yeux.

— On doit avoir mal, supposa-t-elle. Longtemps. Et très profondément.

Soudain, je vis qu'ils tournaient tous deux la tête vers les escaliers. Je fis un bond de l'autre côté et aperçus Caroline qui redescendait les marches en pestant. Elle avait l'air énervée : elle passa devant moi sans me voir.

Avec agilité, je regagnai l'autre fenêtre, tout en me demandant ce qui avait bien pu la mettre dans un tel état. Quand elle débarqua dans la cuisine, elle paraissait encore plus furieuse.

Elle avait les joues empourprées, ses poings rageusement vissés sur les hanches. Ses yeux, eux, lançaient des éclairs noirs :

— L'eau était trop froide pour Rousquille ! Il a fallu que je la change et que je remplisse le bol une seconde fois. Avec de l'eau tempérée, s'il vous plaît !

De la fumée lui sortait des narines.

— Maman, Mamie n'est là que depuis deux heures, et j'ai déjà envie qu'elle parte !

Caroline avait bien des qualités, mais la patience n'en faisait pas partie.

J'entendis Annie rire de bon cœur devant sa bouille exaspérée :

— Franchement, poursuivit-elle, je ne comprends pas pourquoi tu t'entêtes à l'inviter à la maison. Tu vois bien que ça la saoule d'être avec nous !

À ces mots, des plis barrèrent immédiatement le front d'Annie, qui la reprit :

— Attention à votre vocabulaire, jeune fille !

Au même moment, la porte du garage s'ouvrit :

— Ça y est, entendis-je Franck claironner fièrement. Je pense que ça devrait aller. Caroline devança ma pensée :

— T'étais passé où ? lui demanda-t-elle.

— Au garage. Mamie m'a demandé de monter la chaudière, elle trouvait que le chauffage était réglé trop bas.

— Quoi ? fit Caroline en explosant à nouveau.

— Si seulement sa mauvaise humeur pouvait décongeler avec, balança Sam.

Franck était sur le point de condamner l'insolence de son fils quand, soudain, tous se retournèrent. Le pas lourd d'Henriette venait de résonner dans les escaliers.

Annie agita aussitôt ses mains en l'air :

— Allez, finissez vite de mettre la table, dit-elle en les pressant. Le poulet est prêt, j'arrive dans une minute. Et faites un effort pour sourire, ajouta-t-elle, sourcils arqués : on ne vous demande pas non plus la lune !

Le pas traînant, Caroline et Samuel soupirèrent, avant de quitter la pièce.

14.

Un dîner glacial

Telle une invitée de marque, Mamie Henriette s'était assise en bout de table. Elle présidait le dîner. Ses épaules, gelées, étaient recouvertes d'un gilet de laine de l'épaisseur de la banquise. Elle avait le visage aussi glacé qu'un thermomètre de Sibérie. À sa gauche, Samuel et Caroline s'efforçaient de se tenir correctement, le dos bien droit, imitant du mieux possible une posture d'enfants bien élevés. Qu'ils avaient l'air empotés ! Cette petite comédie était distrayante. Attendre ainsi, sagement, d'être servis, cela leur ressemblait si peu. Et en silence, qui plus est.

D'ordinaire, les repas se déroulaient dans une ambiance joyeusement animée. Les enfants racontaient leur journée à tour de rôle, en se coupant régulièrement la parole. Les couverts s'échappaient à intervalles réguliers de leurs mains affamées, rebondissant de temps en temps sur le carrelage en provoquant ce bruit métallique, si caractéristique. En fin de journée, la fatigue les rendait toujours plus maladroits.

Quand Annie déposa sur la table la volaille méticuleusement découpée, je vis cependant leurs narines frémir. L'odeur appétissante des herbes aromatiques acheva de les ranimer. Des senteurs de thym, de laurier et de romarin se mirent à flotter dans l'air, faisant immédiatement saliver l'assemblée.

À moi aussi, la chair tendre du poulet me donnait l'eau à la bouche. Sa peau luisante, dorée à point, avait été arrosée à la perfection durant la cuisson. Au fond de moi, j'espérais qu'ils m'en réserveraient une part pour plus tard.

Annie attrapa une longue fourchette à deux dents, piqua dans le plat pour servir ses convives, puis composa des assiettes anglaises à l'attention de chacun. Tout y était : quelques pommes de terre grillées d'un côté, un morceau de viande cuit au four de l'autre, un filet d'assaisonnement pour les amateurs. Et de la salade, pour la couleur.

— Bon appétit ! leur souhaita-t-elle de son plus grand sourire.

Les enfants, répondant comme des bêtes sauvages au signal du départ, se ruèrent sur leur assiette en avalant goulûment, presque sans les mâcher, les premières bouchées.

Je me mis à rire aussitôt : leur naturel contrarié était revenu au galop.

Annie secoua la tête, impuissante, mais ne les freina pas pour autant. Elle semblait inquiète, une question lui brûlait les lèvres.

— Alors, Maman, comment trouves-tu ce plat ?

— Mmmm. La cuisson est correcte, fut la seule réponse de sa mère.

— Parfait, répondit aimablement Annie, un peu déçue. Pour l'agrémenter, poursuivit-elle d'un air qui se voulait naturel, il y a de la moutarde ou du sel de Guérande. Il doit aussi rester du gratin de légumes au réfrigérateur si tu préfères, au lieu des pommes de terre.

Elle était à ses petits soins. Honnêtement, je ne comprenais pas pourquoi. D'autant qu'Henriette semblait mettre point d'honneur à maintenir une distance vertigineuse entre elles : elle s'évertuait à garder les yeux fixés sur son assiette.

— Ça ira, répondit-elle laconiquement.

Annie sembla hésiter, puis se lança :

— Tu fais toujours... livrer tes repas par la même entreprise ?

Le sujet avait l'air sensible. Je vis Henriette se renfrogner légèrement, baissant encore davantage le front. Franck, visiblement très occupé avec sa cuisse de poulet, ne le remarqua pas. Il insista :

— Comment s'appelle-t-elle déjà ? Ah oui ! « Cékikitok », s'exclama-t-il soudain, heureux de constater qu'il ne perdait pas encore tout à fait la mémoire. « Ne te réjouis pas trop vite, pensai-je en fixant son crâne dégarni d'un œil amusé. Ta dégénérescence a déjà commencé : regarde un peu tes cheveux, mon vieux ! » Contrairement à lui, j'étais dans la force de l'âge, moi : je n'avais jamais eu le poil aussi soyeux.

Henriette semblait un peu gênée.

— Oui, c'est bien pratique ma foi, reconnut-elle, le regard fuyant.

Henriette ne cuisinait plus depuis qu'elle vivait seule, ses repas étaient préparés par une centrale qui les lui livrait une fois par jour.

Je me fis aussitôt la remarque qu'elle ne devait probablement rien avoir mangé d'aussi savoureux depuis des semaines. Pourtant, elle s'entêtait à arborer un air détaché, goûtant du bout des lèvres, sans grand enthousiasme, ce qu'Annie lui avait servi avec parcimonie, conformément à son souhait.

— Et cela ne vous manque pas ? demanda Franck courtoisement.

Aussitôt, Annie le fusilla du regard.

— Je veux dire, de ne pas cuisiner ! dit-il en se reprenant vivement.

Sa femme fut soulagée. Décidément, ce nigaud n'en ratait pas une.

— Si vous en avez envie, vous pourrez vous y remettre, cette semaine. Les enfants seraient ravis de vous aider. Ils adorent mettre la main à la pâte, n'est-ce pas ? les interpela-t-il.

Je vis que ces derniers commençaient à s'impatienter. Utiliser les couverts les ralentissait. Ils hochèrent poliment la tête, posant discrètement leurs fourchettes sur le rebord de l'assiette.

— Nous verrons, déclara Henriette d'un ton neutre.

— Tu cuisinais si bien, à l'époque, l'encouragea Annie.

— Mmm, grogna-t-elle. C'était dans une autre vie. Je n'ai plus le temps maintenant, dit-elle, en redressant subrepticement les muscles de sa colonne vertébrale.

Elle gagna cinq bons centimètres, et, ce faisant, la pièce perdit à peu près autant en degrés.

Mamie Henriette regardait ses petits-enfants avec incrédulité : ils avaient dépouillé la carcasse du poulet et s'étaient mis de la sauce partout sur la figure. Même leurs mains étaient luisantes de gras. Samuel, qui avait déjà englouti son assiette avec voracité, pelait ce qu'il restait de viande sur son os de poulet. Caroline, quant à elle, se forçait à terminer ses dernières pommes de terre, oubliant une fois sur deux de mâcher la bouche fermée.

Mamie Henriette les dévisageait, consternée. Puis, sans un mot, cette dernière tapota proprement les coins de sa bouche avec sa serviette, avant de la replier lentement et de la poser, bien à plat, sur la table. La leçon était claire : les bonnes manières, elles, ne faisaient pas de bruit.

Annie, qui observait le manège de sa mère du coin de l'œil, comprit immédiatement le sous-entendu.

— Sam, Caro ! Ça suffit.

Ils levèrent la tête, surpris.

— Essayez de manger convenablement, je vous prie. Et en silence ! Nous avons l'impression d'être assis à côté de deux camions-poubelles qui travaillent.

Ils échangèrent un regard avec leur père qui prit aussitôt leur défense :

— Ne sois pas si sévère, ma chérie, tu vois bien qu'ils se régalent ! Et puis, il est tellement bon, ton poulet. Ce serait une folie de ne pas le rouziguer*.

Mamie Henriette ne lui objecta rien de particulier, mais son visage avait pris la teinte du homard bouilli. Contrariée, elle saisit alors un os dans son assiette et le tendit gentiment à Rousquille. Immédiatement intéressé, le caniche se redressa et renifla délicatement l'objet.

— Allez, va le boulotter tranquillement dans la cuisine, déclara Henriette d'une voix ferme et autoritaire.

Sous le regard fier de sa maîtresse, Rousquille s'empara précautionneusement de l'os puis trottina vers la cuisine. À la cour, une princesse n'aurait pas fait moins de manières.

* Rouziguer : expression nîmoise signifiant ronger, grignoter.

— Au fait, s'étonna Annie, ça me fait penser, quelqu'un aurait-il vu Moustache ce soir ?

Ce furent les derniers mots qui parvinrent à mes oreilles. Rousquille venait de me repérer à la fenêtre. La seconde d'après, la pièce entière se mit à basculer, et un énorme fracas retentit bruyamment dans toute la maison.

15.
Premier face à face

Les Malloré bondirent immédiatement, mais ce fut Franck qui accourut le premier dans la cuisine. Quand il découvrit le chantier que nous avions provoqué, il porta la main à son front, sidéré : la cuisine ressemblait à un champ de bataille. Et, d'une certaine façon, c'était le cas. Deux ennemis étaient en train de s'y livrer combat. Tout était sens dessus dessous. Des éclats de faïence et de verre brisé recouvraient une partie du carrelage, deux des quatre chaises avaient été renversées, ma gamelle elle aussi avait volé. Des céréales et des croquettes jonchaient le sol ; elles gisaient, ramollies, au milieu des flaques d'eau. Ce terrible gâchis me brisait le cœur. Ma nourriture était sacrée : la vilaine allait me le payer.

Même l'innocent ficus, qui se dressait joliment d'ordinaire à côté de la fenêtre, ne tenait plus que miraculeusement en équilibre entre l'extrémité du plan de travail et le mur éclaboussé de terre. Son pot était fissuré de part en part, et une partie de ses racines pendaient, comme s'il avait été éventré.

Sous l'effet de la colère, j'avais moi-même doublé de volume. Je crachais sans discontinuer en direction du placard, devant lequel Rousquille s'était accroupie. Elle me défiait du regard, pattes avant pliées, prête à bondir, dans un état de fureur indescriptible : d'une seconde à l'autre, elle allait à nouveau me fondre dessus. De mon côté, je grognais de toutes mes forces pour évacuer l'adrénaline qui montait.

— Henriette, ordonna soudain Franck, retenez Rousquille, je m'occupe de Moustache ! Devant l'urgence de la situation, ce dernier prenait le commandement des opérations.

— Moustache ? Mais qu'est-ce que..., balbutia Henriette, qui essayait péniblement de contenir la fureur de son chien.

J'étais sur le qui-vive. Concentré. En effet, je me préparais à disputer un deuxième round de toute beauté.

— Ne le brusque pas, Papa, implora Caroline d'une voix suppliante. Il doit être terrifié !

Moi, terrifié ? Elle n'avait pas dû bien me regarder. J'étais fou de rage ! Cet affreux caniche m'avait provoqué. Moi, je n'avais rien demandé, et elle m'avait littéralement agressé.

Franck n'eut pas le temps de m'attraper. À peine eut-il avancé un pas vers moi que Rousquille me fonçait à nouveau dessus, piaillant comme une poule en délire. Aussi sec, je détalai, l'évitant de justesse, puis sautai sur l'évier et renversai au passage la cafetière et le plateau de tasses qui la bordait. Il y eut un deuxième fracas épouvantable, mais je ne pris pas le temps de me retourner. Déterminé à lui rabattre le caquet, je bondis sur le tabouret, atterris au sol puis repris ma course dans sa direction, contournant la table aussi vite que je pouvais. Elle allait voir, l'effrontée, de quel bois je me chauffais. Venir me provoquer chez moi, non mais quel toupet !

Je m'élançai, mais une grande flaque d'eau dévia ma route. Je dérapai en plein virage et glissai pitoyablement, ratant ma cible de peu. Néanmoins, je me félicitai d'avoir réussi à lui égratigner l'arrière-train au passage. Sous l'effet de la surprise, Rousquille poussa un cri de douleur aigu. Apparemment, Madame était douillette. J'étais fier de moi. Elle, verte de rage. Je souris, avant de me redresser. Un bref coup d'œil avait suffi à me requinquer : désorientée, cette dernière tournait en rond sur elle-même en geignant comme un cochon malade.

— Mais, attrapez-le, ce chat est complètement fou ! s'écria Henriette. Son cœur se serrait à la vue de son caniche ainsi malmené.

Franck me prit alors à revers, puis fondit sur moi. En un rien de temps, il me souleva maladroitement et m'expédia d'un geste sec dans le jardin. La fenêtre était restée grande ouverte, mon vol plané fut spectaculaire.

Les Malloré tondaient rarement la pelouse. Le matelas touffu du gazon amortit ma chute, et j'atterris mollement dans les herbes hautes bordant la terrasse. Soucieux de conserver une certaine dignité, je me relevai aussitôt et, tandis que je m'ébrouais, je pris progressivement conscience de ce qui venait de se passer. Je n'avais pas rêvé. Là, à l'instant, Franck m'avait balancé comme un vulgaire paquet d'ordures dans le jardin. Le fourbe, comment avait-il osé ?

Peu après, la perplexité céda la place à l'indignation.

« Très bien », sifflai-je.

J'étais plus énervé que jamais. Je voulus retourner à la charge pour achever ce que j'avais commencé. « Zut... », pensai-je. Quelqu'un m'avait devancé : la fenêtre avait été refermée. Je courus du côté opposé, vers la baie vitrée. Quelle ne fut pas ma déception quand je constatai qu'elle aussi, on l'avait verrouillée. À nouveau, je pestai. À travers la vitre, j'eus à peine de temps de voir Mamie Henriette disparaître à l'étage. Elle se hâtait de mettre Rousquille en sûreté. Pour cette fois, c'était râpé !

Ravalant ma frustration, je reculai.

Finalement, me dis-je, peu importait. Tôt ou tard, ma revanche viendrait, je le savais. Ce maudit caniche ne perdait rien pour attendre.

En rejoignant mon poste d'observation initial, je pris enfin conscience de l'étendue des dégâts. On aurait dit qu'une grenade avait explosé en plein milieu de la cuisine.

Annie s'affairait, balai à la main. Les enfants, eux, essayaient de remettre en ordre ce qui avait été brisé dans la bagarre. Je les regardai ramasser la casse, petit bout par petit bout, la mine triste, redressant le mobilier renversé au passage.

Comme s'il avait senti ma présence, Franck tourna soudain la tête vers la fenêtre et croisa mon regard. Aussitôt, son expression se durcit. Il s'approcha de la vitre et me chassa à nouveau d'un mouvement de bras.

Je le regardai, stupéfait.

« Qu'aurais-je donc dû faire ? miaulai-je, excédé. Laisser ce caniche hystérique me flanquer une dérouillée ? J'étais chez moi, tout de même. »

Les yeux de Franck continuaient de me jeter des éclairs. M'expliquer n'aurait servi à rien : il était furieux.

Sans répliquer davantage, je décidai d'obtempérer. Et, tandis que je descendais pour rejoindre le sol de la terrasse en bois, je me fis la remarque que cette altercation n'allait certainement pas améliorer nos relations. Sur le moment, Franck avait vraiment eu l'air de me détester. À cette idée, un curieux sentiment de tristesse m'envahit soudain. Après tout, qu'en avais-je à faire, de son avis ?

Il fallait me ressaisir à tout prix.

16.

Le Bannissement

J'attendis sur la terrasse un moment, essayant de me calmer comme je pouvais. Dès le premier soir, l'arrivée d'Henriette s'était soldée par un désastre. J'avais essayé de rester discret, mais l'attitude de Rousquille m'avait mis hors de moi. Elle m'avait délibérément provoqué.

Je faisais les cent pas, arpentant les lames de bois. Mille questions me taraudaient, mais l'une d'entre elles me chagrinait plus que les autres. Qu'allait-il advenir de moi ? J'étais de plus en plus inquiet à mesure que j'y pensais. Comment les Malloré réagiraient-ils après un éclat pareil ? Cette altercation avait été aussi soudaine que spectaculaire. Depuis mon adoption, ils ne m'avaient jamais vu réagir aussi violemment.

Pensif, mon regard se posa sur le vieux tipi qui se dressait là, esseulé, au fin fond du jardin. Il semblait m'adresser ses condoléances. Les enfants n'y jouaient plus. Ils l'avaient délaissé à la fin de l'été et, comme moi, il était dans un piteux état.

Le délabrement de la charpente, composée de matériaux de récupération assemblés maladroitement, indiquait qu'il ne tiendrait pas jusqu'à l'année suivante, bien que l'ossature fût solide. Chevrons, branchages et chutes de lambris formaient le squelette d'un tétraèdre* décadent, tout droit destiné à la déchetterie.

Je tendis le cou. L'intérieur était à l'abandon. La petite cuisine aménagée sur une caisse en bois faisait triste mine, deux galettes en mousse tâchées de terre la séparaient d'un salon de fortune.

Perdu dans mes pensées, je réfléchissais. Allais-je devoir m'y installer pour la nuit ? Retourner dans la maison semblait impossible, tous devaient encore avoir les nerfs à vif. Je regardais l'abri, songeur, quand des bruits sourds retentirent derrière moi. Ils me sortirent aussitôt de ma triste rêverie. Je m'approchai de la vitre de la maison et jetai un rapide coup d'œil à l'intérieur.

C'était Henriette. Elle redescendait, seule.

---

* Tétraèdre : forme géométrique en volume composée de quatre faces triangulaires.

— Alors Mamie, demanda Caroline d'une voix inhabituellement confuse. Comment va Rousquille ? Moustache ne l'a pas trop amochée ?

— Qu... Mous-tache ? Tu veux dire que ce tigre enragé est à vous ? s'exclama-t-elle, incrédule.

— Oui, confirma Annie. J'avais oublié de t'en parler. Les enfants insistaient pour adopter un chat, nous avons recueilli Moustache il y a un peu plus de six mois.

— C'est... votre chat ? répéta-t-elle, hébétée. Allons bon, voilà autre chose.

Un silence gêné emplit la pièce.

Annie semblait particulièrement mal à l'aise, elle n'osait pas croiser le regard de sa mère.

— Alors, comment se porte Rousquille ? la relança timidement Franck.

Derrière mon hublot, j'étais suspendu à ses lèvres. J'espérais l'avoir complètement déglinguée, cette fêlée. Voire clouée au lit à jamais.

D'un ton sec, elle lui confia l'avoir examinée sous toutes les coutures pour s'assurer qu'une visite aux urgences vétérinaires n'était pas indiquée.

— Elle a de légères griffures sur le dos, mais rien de grave.

« Zut et flûte ! » grinçai-je entre mes crocs, déçu.

— Mais elle est sévèrement traumatisée.

Cette annonce, loin de me satisfaire pleinement, m'arracha tout de même un sourire de contentement.

— Quelle terrible scène de violence ! J'ai encore peine à y croire. Ma pauvre petite Rousquille, c'est horrible.

Je levai le museau, mauvais.

« Dites donc, Mamie, laissez-moi vous rappeler ce léger détail : je suis chez moi. Je n'allais tout de même pas laisser ce balai-brosse me provoquer sans réagir. »

Comme si mes pensées l'avaient piquée, je la vis se raidir subitement.

— De toute façon, objecta-t-elle, tant que je serai chez vous, ce... Moustache, comme vous dites, devra rester dehors !

À ces mots, les visages des enfants se décomposèrent.

— Je suis terriblement allergique aux poils de chat, justifia-t-elle. Et, comme vous avez omis de m'en informer, je n'ai pas pris d'antihistaminique* avec moi !

Avant d'achever, menton levé :

— À vous de décider : c'est lui ou nous.

Je ne voyais aucune raison valable d'hésiter, l'occasion était trop belle de s'en débarrasser.

Franck monta la voix. Il leva une main autoritaire, comme l'aurait fait un gendarme en charge de la circulation.

* Antihistaminique : médicament utilisé pour effacer ou réduire les risques d'allergies.

— Nous allons trouver une solution.

« Mets-les à la porte, Franck, un point c'est tout ! »

L'instant d'après, je vis son visage s'éclairer. Il venait d'avoir une idée. Avant même de l'entendre parler, je sentis mes poils se hérisser.

— Je sais, fit-il. Nous n'aurons qu'à installer Moustache au garage le temps de votre séjour !

La foudre venait à nouveau de s'abattre sur moi.

« Quoi ? » m'étranglai-je, choqué.

« Les enfants, dites quelque chose ! » les suppliai-je en moi-même. L'adolescent, scandalisé, ne mit pas longtemps à réagir.

— Papa, s'écria Samuel. Tu te rends compte de ce que tu dis ?

« Merci, mon grand ! » pensai-je avec soulagement. Pour une fois, la décision de Franck ne passerait pas.

— Je dors avec Moustache depuis le jour où on l'a adopté ! dit-il en explosant brutalement de colère. C'est mon ami. Et je te rappelle qu'il vit ici, lui. Il semblait furieux.

« À juste titre » pensai-je.

— Ce n'est pas lui l'intrus ! poursuivit-il d'une voix forte.

Il défia Henriette du regard et, sans ciller, se mit vertement à l'accabler :

— J'en ai assez qu'on bouscule toutes nos habitudes pour une vieille grincheuse qui sourit chaque fois qu'une dent lui tombe !

Si j'avais pu, je lui aurais sauté au cou. Sa réaction me comblait de joie. Enfin un qui me soutenait !

Samuel était rarement en proie à de tels accès de colère. Il ne s'énervait pour ainsi dire jamais. Mais l'injustice était telle qu'elle l'avait fait sortir de ses gonds. Son opposition me faisait chaud au cœur. Elle témoignait de l'attachement qu'il avait pour moi et, à mon sens, elle était parfaitement à la mesure de l'outrage que je venais de subir.

— Hors de question de virer Moustache à cause de ce caniche complètement allumé.

Il marqua une pause, avant de repartir à l'assaut :

— Après, fit-il avec un sourire mauvais, faut pas s'étonner. À force de côtoyer Henriette, ce chien a fini par devenir aussi détestable que sa maîtresse.

À son visage blême, je vis qu'Henriette était sonnée. Samuel venait de lui décocher un uppercut de toute beauté.

Un silence pesant s'abattit alors sur la pièce. L'adolescent mit l'intensité de ce silence à profit, avant de déclarer :

— Je vous préviens, ponctua-t-il avec un aplomb inédit, si Moustache déménage au garage, j'y vais aussi.

À ces mots, Franck et Annie restèrent quelques secondes bouche bée devant le ton déterminé de leur fils.

Le couple échangea un bref regard.

— Comme tu voudras, concédèrent-ils finalement.

Henriette, médusée, n'en revenait pas. De mon côté, je jubilais.

Quatorze ans seulement, quel avenir prometteur ! En secret, j'espérais que nous aurions au moins droit à un matelas gonflable.

17.

Fais-toi oublier

Je décidai d'aller rendre visite à Mike. J'avais grandement besoin de me changer les idées, je n'avais aucune envie de passer la soirée à les observer. Une forte amitié nous liait, Mike et moi. J'espérais qu'il aurait de bons conseils à me donner. Et puis, que ferais-je de plus ici ? Aider les Malloré à ranger ? Certainement pas. Après tout, Franck m'avait congédié, ils n'avaient qu'à se débrouiller.

Je me dirigeai vers la rue des Romarins, parallèle à la nôtre. J'étais sûr qu'il y serait. Depuis qu'il habitait chez Jojoko, Mike sortait de moins en moins souvent. En outre, l'état de la vieille dame avait empiré ces derniers mois. Mike évitait donc autant que possible de s'absenter, en particulier lorsqu'il la savait seule à la maison.

Quand j'arrivai, il était allongé sur la balancelle, en train de somnoler. Des cartons remplis d'objets cassés encombraient la porte d'entrée. Un charmant désordre, dont la vieille dame avait le secret.

Je grimpai sur les marches du perron. Son oreille bougea légèrement.

— Qui va là ? marmonna-t-il, la voix pâteuse.

Cette question était purement formelle. Le vieux chat, perspicace, avait reconnu mon pas.

— Salut Mike, c'est moi.

Immédiatement, ma petite voix triste l'inquiéta. Il dressa aussitôt son museau vers moi :

— Ça va ? me demanda-t-il, un peu alarmé.

Moustaches baissées, j'optai pour l'honnêteté.

— Pour tout t'avouer, pas vraiment.

Il se releva, curieux d'en savoir davantage.

— Je suis dans un sale pétrin, déclarai-je.

Il sourit avant de tenter une plaisanterie, espérant ainsi dédramatiser l'aveu que j'étais sur le point de lui livrer :

— Gros Jack t'as surpris en train de traverser sa pelouse bien taillée ?

Je secouai la tête, accueillant sa boutade avec indifférence.

— Si ça avait été le cas, je serais déjà mort et enterré.

Gros Jack était le dogue argentin de M. et Mme Marchal. Ce couple de retraités, attentionné et prévenant, était très apprécié dans le quartier. Mike et moi les croisions fréquemment, ils habitaient près de là, tout au bout de l'allée du Bois.

La silhouette de Mme Marchal me revint brièvement en mémoire. De constitution assez robuste, elle était grande et charpentée. Cependant, elle avait un regard très doux, presque onctueux, qui attendrissait ses traits. Les rides de son visage lui dessinaient de tendres éventails au coin des yeux. Et, quand elle cuisinait, c'était toute la rue qui embaumait !

Son mari, lui, était un peu plus âgé. Il était éternellement coiffé d'un béret. Ce dernier, utile pour dissimuler sa calvitie que rien n'arrêtait, avait aussi l'avantage de le protéger du froid. M. Marchal était très frileux. Il ne sortait jamais sans une de ses fameuses vestes en tweed qui lui donnaient un air chic et élégant, en plus de le réchauffer. Ses sourcils, broussailleux, s'étiraient en deux vagues symétriques qui surplombaient le haut de ses lunettes. Pour lui, les ciseaux ne servaient qu'à couper du papier : il ne lui serait jamais venu à l'idée qu'ils puissent l'aider à dégager sa vue.

M. Marchal avait eu un léger infarctus l'année passée. Depuis, sur les conseils du médecin, il marchait aussi souvent que possible. Sa femme l'accompagnait volontiers. Attentive au moindre signe de fatigue, elle réglait ses pas au rythme de ceux de son mari. Quand ils se promenaient, ils avaient toujours un mot agréable pour les habitants du quartier, s'arrêtant régulièrement pour bavarder.

En repensant à leur fils, je ne pus cependant m'empêcher de grimacer. Hector était un jeune homme sec et peu avenant, qui daignait rarement prendre des nouvelles de ses parents. Pendant longtemps, il n'était passé chez eux qu'en coup de vent.

Un jour, allez savoir pourquoi, Hector avait laissé son chien à ses parents. S'il venait à présent les voir plus régulièrement, il n'était pas devenu plus aimable pour autant. M. et Mme Marchal avaient quand même été bien embêtés. Même si l'on décidait d'occulter ses quatre-vingts kilos de muscles, Gros Jack demeurait terrifiant. Ce n'était pas un chien, non, c'était un véritable monstre. Avec son pelage ras et son regard perçant, Gros Jack donnait la chair de poule à tous les chats du quartier. Nul doute, cela dit, que ça l'amusait.

Il avait le corps blanc, glacé. Comme un albinos. Deux horribles billes noires et un pas lourd qui inspiraient une peur bleue à quiconque le croisait sur son chemin. Quand il flairait une présence étrangère – peu importait laquelle – Gros Jack ne faisait pas dans le détail, il se mettait instinctivement à grogner. Narines fumantes, museau écumant de rage, un simple pas en avant suffisait à dissuader les curieux. Un geste diablement persuasif, croyez-moi. Même le sol tremblait quand il se déplaçait.

C'était un animal dressé dans un seul et unique but : défendre son territoire. Et, en dehors d'Hector et de ses parents, il n'admettait personne sur le pâté de maisons des Marchal.

— Je suis dépité, poursuivis-je. La grand-mère de Sam et Caro a débarqué ce soir.

— Ah, ce n'est que ça ton problème ? fit-il en claquant négligemment sa langue sur son palais, soulagé.

Il s'étira de toute sa longueur et je l'entendis bâiller, avant d'émettre un petit rire amusé :

— Les enfants s'occupent moins de toi depuis qu'elle est là, c'est ça que tu ne supportes pas ? lança-t-il pour me taquiner

— Mais non, répliquai-je. Tu n'y es pas du tout.

— Dis-toi que ça ne va durer qu'un temps, tout rentrera dans l'ordre quand elle aura mis les voiles.

Puis, il s'affaissa de nouveau légèrement.

— Avec un peu de chance, t'auras aussi ta part du gâteau, t'y as pensé ? Elle va te dorloter comme un nouveau-né. Elles font toujours ça, les vieilles. Couche-toi un peu sur ses genoux pendant qu'elle regarde la télé, tu verras. Même la mienne n'y résiste pas.

— Ça va pas ? hoquetai-je. Tu ne la connais pas ! Henriette n'est pas une grand-mère, disons... ordinaire. Tu ne peux pas l'attendrir si facilement. Elle est du genre coriace, j'en sais quelque chose, crois-moi.

Je marquai un temps d'arrêt.

— Et puis, je ne t'ai pas tout dit.

— Ah bon ?

— Il y a pire.

Il dressa son oreille déchirée vers moi.

— Elle a un chien.

Sa réaction fut bien plus vive que je ne l'imaginais, je le vis s'étrangler à moitié :

— Quoi, un chien ? s'écria-t-il, paniqué.

— Oui, un caniche. Elle s'appelle Rousquille.

À ces mots, Mike se releva d'un bond.

— Par tous les saints ! Un caniche, répéta-t-il, pour s'assurer qu'il avait bien compris ce que je disais.

J'acquiesçai.

Il laissa passer un moment de réflexion, arpentant le perron de droite à gauche, opérant des demi-tours de plus en plus nerveux. Tout à coup, je le vis s'arrêter net. Il me regarda, droit dans les yeux, avant de déclarer :

— Mon pauvre, t'es foutu, dit-il d'un air profondément affligé.

Le son de sa voix, grave, fut sans appel. Moi qui cherchais du réconfort, je me retrouvais bien bête. Déçu, je baissai le museau.

— Tu ne peux rien faire contre un caniche, affirma-t-il, fataliste.

Les mots qui succédèrent sonnèrent comme un funeste présage.

— Ta vie va devenir un enfer.

Il marqua une pause, songeur.

— Elle fera tout pour t'éliminer, poursuivit-il avec solennité.

Je sentis une profonde colère enserrer ma gorge.

— M'enfin Mike, rétorquai-je pour ma défense, ça fait plus de six mois que je vis chez les Malloré. J'ai fait ma place ! Tu m'y as toi-même aidé, et tu sais comme moi qu'ils m'adorent.

Cet argument, qui pesait pourtant lourd pour moi, ne le convainquit pas. Je laissai passer quelques instants, puis repris plus timidement, défendant l'hypothèse qui était la mienne :

— Je me disais qu'il suffisait simplement de serrer les crocs une semaine, le temps que son séjour arrive à son terme.

Mike secoua la tête, sceptique.

— C'est probablement ce que tu as de mieux à faire. Quoi qu'il en soit, ça va être la pire semaine de ta vie !

Nous entendîmes un bruit de clochette tintinnabuler depuis l'étage.

— Faut que je te laisse. En ce moment, Jojoko fait vraiment n'importe quoi. Hier, elle s'est endormie dans son fauteuil en oubliant d'éteindre la gazinière. Tu te rends compte ? Heureusement que je suis rentré à temps, elle aurait pu mettre le feu à toute la maison.

J'ouvris des yeux étonnés.

— Ben dis donc, ça ne s'arrange pas, on dirait.

— Elle doit probablement chercher ses pilules pour la nuit. Elle a dû oublier qu'elle les avait mises dans la boîte à pharmacie.

— Vas-y, mon pote, file, dis-je en levant la patte.

Il sauta de la balancelle, avant de marquer un nouveau temps d'arrêt. Avec intensité, il me regarda une dernière fois d'un air désolé :

— Un conseil, mon pote : fais profil bas, juste quelques jours... Les choses vont se tasser, tu verras bien après.

Je hochai la tête pour le remercier puis le vis se faufiler par la fenêtre ouverte, avant de disparaître.

Il avait sûrement raison. Pour le moment, mieux valait que je me fasse oublier.

18.

De nouveaux appartements

Une bonne heure s'était écoulée depuis mon accrochage avec Rousquille. Je déambulais tristement en me rapprochant de la maison, sans grand enthousiasme. J'avais le front bas, les épaules flasques et le moral en berne. Mes pattes, étonnamment molles, semblaient pourtant peser des tonnes.

Tout était calme alentour. La maison des Malloré se dressait derrière une haie. Qui aurait pu soupçonner que, derrière les murs lisses de cette charmante maison en briques, une véritable guerre de territoire était en cours ? Personne n'aurait pu deviner, tant un silence plat régnait.

Depuis la bagarre, j'avais l'estomac douloureusement noué. Deux clans s'opposaient. Quelle serait l'issue du conflit ? Je n'en avais pas la moindre idée. Devant l'entrée, je distinguai la lumière jaune de l'entrée qui filtrait. Les Malloré ne dormaient pas.

J'avançais sur le gravier de l'allée, reniflant çà et là, à la recherche d'une information quelconque. C'était surprenant, je ne percevais rien d'alarmant. Que des odeurs familières autour de moi. La truffe aux aguets, je furetais.

Si je n'avais pas moi-même assisté à l'arrivée de la trouble-fête, rien de ce que je percevais n'aurait pu m'alerter sur un quelconque changement, en dehors des volets roulants qui avaient été fermés et de la voiture qu'on avait déplacée. Elle était à présent garée sur le chemin qui descendait jusqu'au garage.

Je commençais à m'inquiéter : et si personne ne m'ouvrait ? Je m'imaginais déjà passer la nuit dehors, terrorisé à l'idée de me retrouver nez à nez avec Gros Jack, tapi derrière une haie ou caché à l'angle d'une ruelle étroite, en embuscade. Il chassait tous les soirs dans le quartier, à la faveur de l'obscurité.

Soudain, j'entendis quelqu'un déverrouiller une porte au bas de l'allée. J'accourus en direction du bruit métallique lorsque, tout à coup, je vis dépasser la tête de Samuel qui m'appelait :

— Ah Mous, te voilà enfin !

Le poids écrasant ma poitrine se fit soudain plus léger : il y en avait au moins un qui me cherchait !

— Je commençais à m'inquiéter, où avais-tu disparu ?

Je lui fis une fête du tonnerre. Je me frottai à ses chevilles, ronronnant aussi fort qu'un moteur d'avion prêt à décoller. Ne résistant pas à l'envie de me prendre dans ses bras, il fourra son nez busqué dans mon cou et me câlina :

— Je suis content de te voir, canaille !

Puis, reprenant un air plus sérieux, il déclara :

— Mon vieux, tu lui as mis une sacrée dérouillée, à la Rousquille.

Je me mis à ronronner de plus belle, flatté du compliment.

— Inutile de pavoiser*, me sermonna-t-il. Votre prise de bec rend cette cohabitation encore plus compliquée que prévu ! J'ai exigé de rester dormir avec toi, mais il faut que tu te tiennes à carreau, dit-il en pointant un doigt sur moi. Je me suis fait sacrément allumer par Papa.

Je le regardai et miaulai, reconnaissant, pour le remercier.

— J'allais quand même pas t'abandonner, me dit-il en me gratifiant d'un clin d'œil complice. Il recula ensuite vers l'intérieur de la maison en refermant la porte derrière nous d'un geste prudent.

Puis, il emboîta le couloir étroit et poussa doucement une poignée abîmée. C'était celle d'une porte en bois qui attendait depuis des années d'être peinte. Le poil que Franck avait dans la main allait bientôt pouvoir lui servir de canne, pensai-je cyniquement.

....

* Pavoiser : manifester avec fierté et ostentation une grande joie.

Tout à coup, j'entendis Samuel modifier sa voix, qui se teinta d'accents conspirateurs :

— Regarde, chuchota-t-il en me désignant la pièce. Je nous ai installés ici. Voici notre nouvelle chambre, Moustache. J'espère que ça te plaît !

Si ça me plaisait ? J'étais enchanté ! Et ravi de constater que la résistance s'organisait.

Une chute de moquette recouvrait la plus grande partie du sol, constitué d'une chape brute en béton. Dans l'angle, un tabouret avait été descendu de l'étage, et une lampe de chevet diffusait une lumière suffisante pour s'orienter, sans toutefois être aveuglé. D'habitude, un puissant néon, accroché au plafond, éclairait le garage avec un grésillement irritant. J'étais très agréablement surpris par ce nouvel aménagement. Et en si peu de temps ! D'ordinaire assez miteux, le garage avait fait l'objet d'un réel effort de décoration, la pièce vibrait maintenant d'une ambiance chaleureuse, et elle me satisfaisait pleinement.

Un matelas, gonflé à bloc, trônait fièrement au milieu du ruban de moquette. Il était recouvert d'un linge fraîchement lavé, d'une housse de couette et d'un coussin aux motifs marins. Ces rayures bleues et blanches suffisaient à égayer l'atmosphère austère que dégageaient les murs en parpaings, tristement gris.

Ma panière, elle, avait été installée juste à gauche du lit. Trois gamelles remplies à ras-bord d'eau, de croquettes et de pâtée se trouvaient juste en face.

Bien que meublée chichement, cette pièce nous offrait tout ce dont nous avions besoin. Samuel, comblé, affichait un sourire radieux.

La voix aiguë de Caroline vint soudain percuter mes tympans.

— J'en ai marre, c'est toujours Samuel qui a tout ! rouspétait-elle, escortée par son père.

Je l'entendais râler tandis qu'elle descendait les escaliers.

— Ne me dis pas que, toi aussi, tu aurais voulu dormir dans le garage ?

Samuel se retourna, réagissant aussitôt :

— Il fait plus froid qu'en haut, tu sais, la prévint son frère tandis qu'elle déboulait dans la pièce, c'est pas pour les fillettes.

— C'est trop bien de dormir ici ! s'exclama-t-elle en allongeant le cou, jalousant le nouvel espace dans lequel Sam et moi allions camper toute la semaine.

— Tu te rappelles qu'il n'y a pas de toilettes au garage ? Et qu'il est plein d'araignées ! Des grosses faucheuses qui passent leur temps à dévorer des mouches bien grasses.

Samuel leva un doigt en direction du plafond.

— Regarde leurs toiles. Tu les vois, là ? lui fit son frère en lui indiquant la myriade de fils gris, perlés de tâches noires, qui pendaient sinistrement au plafond. Elles en sont pleines... Il y en a des dizaines.

Elle eut un mouvement de tête circulaire. Elle avait l'air de moins en moins rassurée. Elle détaillait le décor au-dessus de sa tête, visage fermé. Accrochées aux angles du plafond, de multiples toiles d'araignées pendaient mollement dans le vide.

— Bien sûr, celles-ci sont inoffensives.

Il laissa passer une seconde de silence.

— Mais ce n'est pas le cas des autres.

Caroline avait peine à déglutir.

— Les tégénaires, les pholques, passe encore. Mais les araignées sauteuses, cachées sous l'établi... elles piquent, tu ne savais pas ?

La voix de sa sœur se serra d'un coup.

— Ah bon ? balbutia-t-elle, inquiète.

Son visage acheva de se décomposer tandis qu'elle tournait le cou vers le meuble indiqué. De longues toiles d'araignées s'étiraient au-dessous.

— C'est toi qui vois.

Elle se redressa. Fièrement, elle fit mine de peser le pour et le contre quelques instants, bien que sa décision fût déjà prise.

— Bon, on verra demain.

Sam et moi échangeâmes un regard entendu.

— C'est vrai que je me lève souvent la nuit pour faire pipi, dit-elle, jetant çà et là des regards nerveux autour d'elle.

— Je crois que c'est plus raisonnable, en effet. Dans l'obscurité, tu pourrais tomber dans les escaliers et t'assommer. Imagine l'état dans lequel on te retrouverait !

Elle fit une moue dégoûtée, puis tourna les talons et remonta les escaliers à toute vitesse. Courageuse, mais pas téméraire, notre petite allumette.

Samuel esquissa un sourire, satisfait de sa prestation, puis il s'adressa de nouveau à moi :

— On va être bien ici, rien que toi et moi !

Je répondis par un miaulement heureux.

— T'inquiète pas, Moustache, ce n'est qu'une affaire de quelques jours, assura Franck.

Le son de sa voix m'arracha un grognement. Il voulut m'adresser une caresse amicale mais j'évitai son geste d'un recul rapide. Il n'était pas près de me retoucher : ma rancœur mettrait des années à passer.

Franck se releva avant de sourire, beau joueur. Il tourna la tête vers son fils :

— Et toi, l'ado révolutionnaire, grand redresseur des injustices félines, lança-t-il avec emphase, je te souhaite une douce nuit. On a installé un chauffage d'appoint, ne te plains pas si tu as froid. Maman t'a descendu une couette supplémentaire, tu n'auras qu'à te débrouiller avec.

Ce dernier répondit avec assurance que ça irait.

— On vous appellera tous les soirs depuis l'hôtel. Soyez sages avec Mamie, d'accord ? Et prends bien soin de ta sœur pendant notre absence, on compte sur toi !

D'un hochement de tête, Sam acquiesça.

Ils se prirent dans les bras, puis Franck, enfin, nous laissa, Sam et moi.

« C'est ça, bonne nuit, Judas* ! »

Samuel s'allongea sur le matelas de tout son poids, j'agrippai aussitôt sa manche et commençai à la mordiller. Mais ce dernier n'était pas d'humeur à jouer. Il se recroquevilla sur moi, et me sourit d'un air navré.

— Désolé, Moustache. Pas ce soir.

Je lui adressai un regard étonné. À son visage froissé, je compris que, même s'il tentait de le dissimuler, la situation le préoccupait. Pauvre Samuel, il avait le moral dans les chaussettes.

« Tu as agi de façon très courageuse, miaulai-je, ces deux mégères ne perdent rien pour attendre ! » tentai-je de le réconforter.

Il me cajola quelques instants mais, très vite, la fatigue l'emporta. Bercé par mes ronronnements réguliers, il s'endormit peu après.

* Judas : apôtre qui a trahi le Christ, nom employé pour désigner un traître.

Moi, pelotonné contre lui, je me sentais plus apaisé que jamais. Ce soir, j'avais acquis une certitude : contre vents et marées, Samuel serait toujours à mes côtés.

Ce garçon-là, c'était mon arc-en-ciel à moi.

19.

Le Départ

Le lendemain, je fus réveillé par le bruit d'une voiture qui démarrait. Annie et Franck s'apprêtaient à prendre la route.

Je m'étirai de tout mon long, encore engourdi par cette longue nuit. Samuel, insensible au bruit du moteur qui s'éloignait, dormait toujours d'un sommeil de plomb. Je tendis l'oreille. Un vrombissement suspect résonnait dans la pièce. Était-ce lui qui ronflait, bouche grande ouverte, ou était-ce la chaudière qui bourdonnait comme un essaim d'abeilles ?

L'aube venait à peine de se lever, mais quelqu'un était déjà en train de prendre une douche à l'étage. Aussitôt, les événements de la veille me revinrent en mémoire. Henriette...

Je n'étais pas pressé de sortir du lit, me demandant comment la matinée se déroulerait. Bien sûr, les enfants iraient à l'école. Ils m'abandonneraient nécessairement à mon triste sort. Qu'allais-je bien pouvoir faire ?

La veille, Samuel m'avait fait promettre de rester tranquille. Il m'avait formellement interdit d'entrer dans la maison, par crainte que je ne provoque un nouvel esclandre. Mon estomac grondait. Affamé, je partis en quête de mon petit-déjeuner. Entre deux craquements de croquettes, je cherchais la présence d'Annie. Je regrettais déjà son absence. Elle me manquait... Son sourire avait toujours illuminé mes débuts de journée. À l'étage, j'entendis des bruits de pas qui résonnaient.

Quelques instants plus tard, quelqu'un ouvrit brusquement la porte du garage et se mit à brailler :

— Allez Samuel, debout, c'est l'heure !

Son intervention fut si abrupte que ma bouchée fit une fausse route ! La voix de Caroline au réveil ressemblait davantage à une sirène d'alarme qu'à un doux chant de tourterelle. Craignant de m'étouffer, je toussai de toutes mes forces pour libérer mon gosier. Claquant la porte sans ménagement, je l'entendis clamer « C'est fait ! ». Elle s'était débarrassée de sa corvée.

Je m'interrogeai. Pourquoi avais-je paniqué ? J'étais pourtant habitué à l'entendre crier.

Du coin de l'œil, je vis la couette qui remuait. Samuel était en train de se réveiller. Je courus le rejoindre dans le lit, glissant mon museau tremblant sous sa main endormie.

— Salut Mous, dit-il en se frottant les yeux.

Il avait la voix un peu cassée.

— Tu as bien dormi ? marmonna-t-il.

Sa tête chiffonnée me fit sourire. Il nageait passablement dans le brouillard.

— Bon, dit-il, pour se donner du courage tout en se grattant le nez, faut se lever. Tu me promets, pas de bêtises aujourd'hui, hein ?

Je miaulai docilement. Ce dernier parut satisfait.

— On se revoit ce soir.

Puis, après m'avoir grattouillé rapidement le menton, il fila rejoindre les autres dans la cuisine.

Ses instructions étaient claires. Je pouvais aller et venir librement par la fenêtre du garage, il veillerait à la laisser entrouverte avant de partir. Toutefois, il m'avait donné l'interdiction formelle d'entrer ailleurs dans la maison : je ne devais en aucun cas m'introduire au rez-de-chaussée, ni à l'étage évidemment. Après la dispute que nous avions essuyée la veille, je comprenais très bien la raison de ces restrictions. Je chassai le sentiment de profonde injustice qui commençait à m'envahir. Si j'avais réagi à l'agression de Rousquille, c'était uniquement dans un cadre de légitime défense. Pourquoi étais-je le seul puni ?

Je me faufilai par l'ouverture et remontai le chemin dallé. Le jour était à peine levé et l'air frais, chargé d'humidité. À travers la vitre de la cuisine, je me hissai et les observai. Je veillais à me tenir à distance, respectant ainsi les recommandations de Samuel.

Mamie Henriette avait tout d'un général autoritaire. La bouche crispée, elle était en train de préparer le goûter, tartinant de petites noix de fromage fouetté sur des tranches de pain de mie avec une rigueur militaire. Deux boîtes en plastique, couvercle ôté à l'identique, attendaient sagement leur cargaison sans bouger d'un millimètre.

Caroline, le dos tourné, finissait de siroter son chocolat chaud. Comme à son habitude, elle balançait distraitement ses pieds dans le vide, juchée sur une des chaises de la cuisine. Samuel manquait à l'appel. Il était encore probablement dans la salle de bain en train de finir de se préparer.

Henriette délaissa un instant sa tâche et jeta un bref coup d'œil à la pendule, qui indiquait 8 heures. Elle alluma aussitôt la radio, et celle-ci diffusa son bulletin d'information matinal : « Les Bellevillois de plus en plus inquiets. Depuis plus d'un mois, la police de Belleville est à la recherche des auteurs des nombreux cambriolages perpétrés dans la région, mais sans succès. À ce jour, les enquêteurs ne disposent, malheureusement, d'aucune piste sérieuse. Les déclarations des témoins n'ont toujours pas permis d'établir avec certitude un portrait-robot des malfaiteurs, qui courent toujours. »

— Je ne comprends pas, s'exclama Henriette, d'une voix indignée. Avec tout ce qu'on entend aujourd'hui, je me demande pourquoi vos parents n'installent pas une alarme dans la maison. Ils devraient sérieusement songer à prendre leurs précautions. Les cambriolages, ça n'arrive pas qu'aux autres !

Caroline eut un haussement d'épaules :

— Ben, ils disent toujours que, chez nous, y a rien à voler.

Henriette leva les yeux au ciel, exaspérée par tant de naïveté.

— Quelle inconscience, soupira-t-elle. Crois-tu qu'un cambrioleur qui s'introduit chez des particuliers connaît à l'avance le montant de son butin ? Bien sûr que non. Il entre par effraction et emporte tout ce qui semble avoir de la valeur avant de ficher le camp !

Elle marqua une pause, puis secoua la tête avant de continuer :

— De l'extérieur, comment peuvent-ils savoir ? Ce n'est pas marqué sur la porte d'entrée.

— C'est vrai, admit calmement Caroline, songeuse.

Elle suspendit soudain sa cuillère dans le vide.

— Faudrait peut-être faire un panneau, lança-t-elle, fière d'elle.

Sourcils levés en signe de stupeur, Mamie Henriette se retourna vers sa petite-fille qui se félicitait de sa brillante idée, souriant bêtement.

L'instant d'après, Samuel entra dans la pièce, propre comme un sou neuf. Il replaça d'un mouvement expert la mèche de cheveux qui lui tombait négligemment sur le front, attrapa une tranche de pain de mie et la glissa dans le toaster, avant de soupirer.

Visiblement, il ne comptait pas être plus aimable que le strict nécessaire. Ce matin, son curseur était réglé particulièrement bas.

— Bonjour, maugréa-t-il.

— Bonjour Samuel, répondit Henriette, l'air détaché. Tu as bien dormi ?

Si ses mots de la veille l'avaient affectée, elle n'en montrait rien.

— Très bien, lui renvoya-t-il fièrement.

Elle enchaîna, jugeant préférable de ne pas insister.

— Il ne va pas falloir traîner, le bus ne vous attendra pas. Caroline, veux-tu bien aller te débarbouiller le visage ? Tu as du chocolat partout sur la figure. Et enfile des vêtements propres, il te reste à peine dix minutes pour te préparer.

— Minute, papillon, grogna-t-elle, mauvaise.

Être secouée le matin avait le don de la contrarier. De mauvaise grâce, la petite fille débarrassa son bol, souffla bruyamment pour exprimer son mécontentement, puis fila en direction de la salle de bain.

Henriette la suivit du regard en secouant à nouveau la tête. Elle retourna cependant à ses occupations, sans la réprimander. Samuel était déjà suffisamment froid avec sa grand-mère ce matin, il était inutile d'ajouter une quelconque tension.

— J'écoutais les informations, dit Henriette à Samuel, dans un effort pour faire la conversation. C'est incroyable ce qui se passe dans le coin, c'est à n'y rien comprendre. Même dans un village comme le vôtre, on rapporte des faits de criminalité. Bientôt, on ne pourra plus sortir de chez soi sans mettre sa vie en danger !

— Ce n'est certainement pas toi que ça va déranger, rétorqua-t-il d'une voix lasse.

Elle fit volte-face.

— Que veux-tu dire par là ?

— Tu ne sors déjà plus de chez toi !

— Ah bon. Et aujourd'hui, je suis où, à ton avis ?

Elle pinça sa bouche avec nervosité.

— Si je suis là, c'est uniquement pour rendre service !

Samuel, qui s'était promis de garder son calme, fit un réel effort pour se contenir. Mais l'attitude de sa grand-mère l'irritait déjà.

— On l'aura bien compris ! Mais je ne vois pas en quoi le fait de rendre service t'autorise à faire ta loi.

— Je te prierai de baisser d'un ton lorsque tu t'adresses à moi, commanda-t-elle, autoritaire. Pour qui te prends-tu, jeune homme ? Qui te permet de me donner des leçons ?

— Critiquer, râler, c'est tout ce que tu sais faire, poursuivit-il en jouant la surenchère. Si on m'avait donné le choix entre avoir une grand-mère comme toi et pas de grand-mère du tout, dis-toi bien que je n'aurais pas hésité une seconde !

Il claqua cette phrase en la regardant droit dans les yeux. Elle tomba comme un couperet sur la tête d'Henriette, qui se figea.

— Très bien, fit-elle.

Elle reposa calmement ses mains sur le plan de travail et entreprit de disposer les sandwiches dans les boîtes avec application.

— Au moins, tu auras vidé ton sac, déclara-t-elle dignement, le nez relevé.

— Mouais. Ça ne change rien, mais ça soulage.

Il avala son dernier toast à la hâte, puis s'empara des deux boîtes de goûter sans même la remercier.

— Sur ce, bonne journée.

Il lui tourna le dos et se dirigea vers le hall d'entrée, fourrant maladroitement une des boîtes dans son sac à dos et l'autre dans celui de sa sœur.

Agacé, il cria à cette dernière de se dépêcher en enfilant sa veste d'un geste pressé.

— Ça va, j'arrive !

Ils claquèrent bruyamment la porte en partant, ce qui fit sursauter Henriette. Cette dernière s'approcha de la fenêtre, puis renonça. J'émis un petit soupir de soulagement. Elle aurait pu me surprendre en train de l'observer.

Mamie Henriette baissa la tête en direction du sol, elle avait l'air peinée. C'est alors que je vis Rousquille trottiner vers elle pour la réconforter et tournai la tête, écœuré. Je filai en direction du jardin. Les voir ainsi se câliner me donnait franchement la nausée.

Dans mon esprit, une idée folle était en train de germer. Dans cette guerre, Rousquille n'était qu'un pion. Mon principal ennemi était évidemment Henriette. Si je voulais prendre l'avantage, je devais apprendre à la connaître. Je devais savoir pourquoi elle agissait ainsi, avec une telle autorité, et qui Henriette était en réalité. Pour ce faire, il n'y avait pas mille façons de procéder. Je devais m'introduire dans la maison. J'étais convaincu qu'en fouillant ses affaires, je percerais enfin le mystère. C'était risqué. D'autant que Samuel m'avait expressément demandé de ne plus m'en mêler.

Sur le moment, pourtant, cette idée ne me parut pas si mauvaise que ça. Il suffisait simplement que personne dans le quartier ne me voie.

20.

Opération Infiltration

Tout le succès d'une opération résidait dans sa préparation. Je décidai donc de me lancer dans la plus longue toilette de ma vie de chat. Hors de question de laisser la moindre trace de mon passage. Il fallait que je me déplace tel une ombre, discret et silencieux. Le pas aussi souple que celui d'un ninja. Facile, pour un chat comme moi.

Je nettoyai longuement le dessous de mes pattes, déterminé à ne laisser aucune empreinte de mon passage. Je brossai mes poils avec application. Je devais à tout prix éviter d'en semer dans la maison. Au bout d'interminables ablutions, je fus fin prêt. Oreilles aux aguets, truffe frémissante, j'avançai d'un pas prudent vers la maison, jetant des coups d'œil méfiants autour de moi. Je pensais la voie libre, je me trompais. Quelqu'un ne manqua pas de me repérer, au moment même où j'allais sauter. Heureusement pour moi, ce n'était que Mike. Ce dernier avait choisi ce moment précis pour me demander ce que je devenais.

Intrigué par mon attitude, ce dernier s'était assis pour m'observer et avait passé quelques instants à me regarder, sans bouger, avec un réel intérêt. Quand il m'apostropha, je fus surpris et sursautai.

— Tu peux me dire ce que tu trafiques, à plat ventre, dans l'allée ?

Je me retournai, paniqué et le vis qui me fixait, l'air consterné. Pourquoi fallait-il donc qu'il débarque maintenant ?

D'un geste pressé, je lui intimai l'ordre de déguerpir. Il refusa de m'obéir.

— Tu ne parles plus aux copains ? insista-t-il, d'une voix soudain plus agressive.

Je n'allais pas m'en défaire. J'étais dans l'obligation de répondre quelque chose, sans quoi, il resterait là à me regarder bêtement, jusqu'à me provoquer.

— Je suis en opération « Infiltration », chuchotai-je à voix basse pour m'en débarrasser. Laisse-moi tranquille, tu vas me faire repérer !

— Une opération « Infiltration » ? s'étonna-t-il.

Il marqua une pause, dubitatif, puis fit un bref retour en arrière :

— Je ne t'avais pas dit de te faire oublier ? Je vois que tu suis mes conseils à la lettre.

Exaspéré, je levai les yeux au ciel. Il afficha un air réprobateur, faisant mine de prendre sur lui :

— Écoute. Les Marchal sont chez Jojoko, je pensais aller boire une lichette chez la mère Chaboit. Tu ferais mieux de venir avec moi, ça te changerait les idées. Elles n'ont pas l'air très brillantes à ce que je vois.

— Il est hors de question que je reste les pattes ballantes, rétorquai-je. Henriette vient tout juste de sortir promener Rousquille, je n'ai pas beaucoup de temps devant moi.

À sa tête, je vis qu'il désapprouvait ce projet, il le jugeait sûrement inapproprié.

— Mike, je ne peux pas continuer comme ça, il faut absolument que je sache à qui j'ai affaire.

Il fronça les moustaches.

— C'est pas une bonne idée. Tu n'es plus en odeur de sainteté chez les Malloré, ce que tu t'apprêtes à faire ne va rien arranger.

Je lui feulai au museau, vexé.

— T'es têtu comme une bourrique, Mous !

Je secouai la tête, bien décidé à continuer.

— Tant pis pour toi, je t'aurai averti.

Découragé, je le vis lentement qui se relevait, l'air désabusé de celui qui sait que ça finira mal. Je le suivis des yeux, soulagé de le voir passer son chemin.

L'instant d'après, je me reconcentrai sur mon objectif. Il ne fallait pas à nouveau risquer de me faire remarquer, je devais absolument entrer au plus vite dans la maison. Je réfléchis quelques secondes. Par où passer pour éviter de croiser des regards indiscrets ? Soudain, l'inspiration me vint. La salle de bain des parents, évidemment. La fenêtre de la douche y était ouverte en permanence. Il me suffirait de rejoindre les escaliers et de me faufiler ensuite jusqu'à la chambre de Sam.

Je pris mon élan, atteignant d'un bond leste le rebord de la fenêtre. Mon plan si bien ficelé se heurta à un premier accroc. *Doiiing* ! La fenêtre était fermée, et je faillis m'assommer. Je portai une patte tremblante à mon front, constatant à regret qu'une belle bosse était en train de le déformer. Décidément, plus rien ne tournait rond dans cette maison. Henriette avait dû replier les battants avant de partir. Cette dernière ne supportait ni le froid, ni les courants d'air.

Avec prudence, j'avançai une patte et poussai doucement sur un vantail. Il bougea légèrement. La fenêtre n'était qu'à moitié verrouillée.

J'appuyai plus fort sur le battant. Il résista un moment, m'obligeant à exercer une pression plus musclée. Je poussais énergiquement des pattes avant quand, subitement, ce dernier céda d'un coup. Impuissant, je dégringolai tête la première à l'intérieur de la douche. Je moulinai des quatre pattes, paniqué, essayant de m'accrocher à ce que je pouvais.

Ce fut le rideau rose qui me sauva la mise. J'y plantai maladroitement les griffes, ce qui me permit d'amortir quelque peu ma chute et d'atterrir sans trop de dommages dans le receveur détrempé. Une dizaine d'œillets se décrochèrent au passage, et le rideau plastique à moitié déchiré bâilla au-dessus de ma tête. Moi qui voulais rester discret, c'était râpé.

Je m'ébrouai vivement. D'un geste expert, je passai deux coups de patte sur mon museau pour lisser ma crinière. Elle était tout ébouriffée, je pestai de rage.

Jetant un regard désespéré sur le carrelage souillé, je fus contraint de constater que rien ne s'était passé comme je l'avais espéré. En m'extirpant de la douche, je remarquai que chacun de mes pas laissait une empreinte humide sur le sol. Tant pis ! Je ne pouvais plus faire machine arrière à présent. Il était trop tard pour renoncer. Je filai en direction de la chambre de Sam, chassant l'envie de fuir de l'autre côté du globe terrestre à tout jamais.

Je connaissais le chemin par cœur, et atteignis rapidement la chambre de mon ami. Les valises d'Henriette se trouvaient juste à côté du lit. Je reniflai l'odeur de ses affaires. Elles sentaient plutôt mauvais. Un vilain mélange de naphtaline* et de renfermé. Je bondis par-dessus, cherchant un indice quelconque. Soudain, une idée diabolique me traversa sans prévenir.

« Noooon... Si... Mais non. Allez quoi ! »

Je m'accroupis légèrement et, tout sourire, je me soulageai longuement sur ses vêtements. Une bonne odeur

---

* Naphtaline : produit utilisé comme antimite.

d'ammoniac* s'éleva de ses chemisiers jaunis par mon urine. C'était sans nul doute un cru d'exception ! Une auréole humide et malodorante ornait à présent le dessus de sa pile de vêtements finement brodés. J'admirai mon œuvre, l'air satisfait, sans m'attarder pour autant.

Je redescendis du lit, plus léger, gardant à l'esprit qu'il ne fallait pas traîner. En approchant de la commode, je remarquai son sac bleu posé dessus. Il était à demi ouvert. D'un saut leste, je fus à sa hauteur. Un coup de museau fit glisser la fermeture Éclair, avant d'en écarter les bords, la patte pleine de curiosité. J'avais du mal à distinguer ce qui s'y trouvait. Je sentais cependant l'impatience me gagner. Excédé, je poussai le sac dans le vide et contemplai sa chute. Tout ce qu'il contenait se renversa au sol l'instant d'après. Un rapide coup d'œil me permit de détailler les trésors qu'il renfermait. Un trousseau de clés s'en était échappé. À côté, gisait un portefeuille éventré. Des photographies s'étaient envolées, elles étaient à présent éparpillées un peu partout sur le sol.

J'étais en train de les parcourir du regard quand, soudain, un éclat de lumière vif percuta ma rétine et m'aveugla l'espace d'une seconde. Un coffret en cuir rouge, dont le couvercle s'était ouvert, avait libéré une somptueuse parure de bijoux. Je comprenais mieux sa crainte des cambriolages. Le collier était composé d'un sublime ruisseau de pierres précieuses

....

* Ammoniac : gaz irritant à forte odeur, piquante et souvent désagréable.

qui brillaient de mille feux. Une bague, ornée d'un diamant solitaire, avait roulé un peu plus loin, tout près d'un bracelet. Elle était magnifique. L'anneau, finement ciselé, semblait avoir été taillé par un orfèvre d'exception.

Absorbé par cette merveilleuse découverte, je me détournai un bref instant de mon objectif premier. Subjugué par la beauté du spectacle, j'étais comme hypnotisé. J'avais pourtant fort à faire, le temps pressait. Au prix d'un réel effort, je me raisonnai, parvenant enfin à détacher mon regard de la parure. Je devais à tout prix finir ma mission d'investigation.

Je remontai au plus vite sur la commode, puis observai avec attention les étiquettes de ses produits de toilette. J'étais incapable de savoir ce que je cherchais. Lassé, je me mis à balayer les objets les uns après les autres. D'un coup de patte, je fis valser la farandole de tubes. *Pim* ! Par terre la crème de jour. *Pam* ! Au sol l'eau de Cologne. *Poum* ! Le peigne roula maladroitement sous le lit. Je m'en donnais à cœur joie. Après tout, au point où j'en étais.

Deux bonds plus loin, je découvrais la joie de griffer ses gilets en laine. Je jubilais. M'appliquant à filer chacun de ses bas en nylon et sa collection de chaussettes voilées, j'exultais. J'étais comme hystérique, traversé par l'ivresse que me procurait chacun de mes actes de saccage. J'éventrai le sachet de disques démaquillants, déchirai le panier molletonné de Rousquille, labourai le contenu des pots de crème... Une folle pagaille régnait. Ivre de bonheur, je n'entendis pas le cliquetis des clés dans la serrure, ni même la porte d'entrée s'ouvrir.

Quand les bruits de pas résonnèrent dans l'entrée, je dressai subitement les oreilles, en proie à une irrépressible panique. De petites touffes de ouate voletaient encore gaiement dans la chambre. Le destin dut me provoquer, car l'une d'elles me fit soudain éternuer. J'entendis bientôt les premiers grognements du caniche alerté. Rousquille reniflait ma présence, ses grognements sourds se transformèrent vite en aboiements suraigus. Affolé, je descendis de la commode à toute vitesse, emportant avec moi une des photos au hasard, comme un trophée de guerre.

— Qu'y a-t-il donc, ma beauté ? demanda Henriette à son chien qui s'agitait de plus belle. Rousquille tirait sur sa laisse en direction de l'escalier, comme une forcenée. Henriette essayait de la retenir mais cette dernière ne voulait rien entendre.

Elle vociféra de plus belle, forçant Henriette à la suivre et, la seconde d'après, Rousquille devint tout bonnement incontrôlable. Museau dressé vers l'étage, elle glapissait avec une fureur inouïe.

Henriette, levant les yeux à son tour, se figea de stupeur quand elle m'aperçut, trônant fièrement sur la dernière marche de l'escalier, avant d'entrer dans une colère plus noire qu'une nuit sans étoiles.

— Encore toi ? s'exclama-t-elle en balançant un bras menaçant en l'air. Dites-moi que je rêve !

Lors de notre dernière altercation, j'avais noté ma supériorité sur elle, tant dans la vitesse que dans l'agilité. J'avais donc deux avantages pour moi. Je m'employais à les mettre à profit pour m'extirper de ce guêpier quand Rousquille entreprit de se ruer vers moi. Une vive détente me permit d'esquiver de justesse son premier assaut. Je poursuivis ma course, filant tout droit entre les frêles jambes d'Henriette qui n'en revenait pas. Rousquille se retourna, folle de rage à l'idée que je lui glisse une seconde fois entre les pattes. Elle dévala les escaliers en sens inverse, bien décidée à me pourchasser. Quelques mètres plus loin, Rousquille fut cependant bloquée net. Sa laisse s'était malencontreusement enroulée autour des jambes d'Henriette.

L'instant d'après, cette dernière tomba à la renverse, impuissante, s'étalant de tout son poids dans l'escalier. Un énorme fracas retentit dans mon dos, suivi d'un cri, mais je ne pris pas le temps de me retourner. Je n'avais qu'une idée en tête, m'enfuir aussi vite que je pouvais.

21.
Immobilisée

— C'est une entorse de rien du tout, Maman ! Elle va très bien, assura Caroline au téléphone.

— Et elle continue de râler, c'est plutôt bon signe, ironisa Samuel.

— Très drôle, rétorqua Henriette, tout en fulminant dans sa barbe.

Depuis qu'ils étaient rentrés, elle n'en finissait pas de pester.

— Moi qui suis solide comme un roc. Jamais un rhume, jamais une grippe, des analyses de sang exemplaires. Et tout ça, à cause d'un maudit chat mal élevé !

J'espionnais le résultat de mon forfait, dissimulé derrière le gros pot de buis de la terrasse. D'ici, il leur était impossible de me voir.

Je les écoutais, riant sous cape, ne perdant pas une miette de ce compte-rendu téléphonique. Annie avait l'air vraiment en colère !

— Oui, Maman, je sais, vous n'êtes partis que depuis hier et c'est déjà la catastrophe, reconnut la petite fille. Mais ça va aller, ne vous en faites pas ! Oui, on va bien s'occuper d'elle, promit-elle avec assurance. Non, c'est pas la peine de rentrer plus tôt. Évidemment qu'on vous tiendra au courant.

Voir Henriette rager ainsi me réjouissait au plus haut point.

« Vous êtes vexée comme un pou, Mamie, c'est compréhensible. Il faut cependant me rendre justice : vous pensiez avoir gagné la partie. Vous ne vous attendiez pas à ce que je vous donne autant de fil à retordre, n'est-ce pas ? C'est de bonne guerre, allez, ce n'est pas vous qui direz le contraire. »

Samuel relaya sa sœur au téléphone. Il écarta un instant le combiné, le temps de s'habituer : ses parents étaient toujours aussi furieux.

— Ça ne sert à rien de vous énerver, déclara-t-il calmement. On n'y est pour rien ! C'est un accident ! Ben oui, c'est pas de chance. Juste au moment où vous partez. Oui, l'infirmière a dit qu'elle repasserait demain pour contrôler l'état de sa cheville.

— Parce que vous appelez ça une cheville ? rétorqua Henriette. Regardez-moi ce travail : mon pied ressemble plus à un poteau qu'à une cheville ! Il a quasiment triplé de volume, vociféra-t-elle.

À ses nombreux défauts venait s'ajouter un penchant évident à l'exagération. Elle en faisait des tonnes pour se faire plaindre.

— Et, comble du ridicule, me voilà affublée d'une paire de béquilles. À mon âge !

— Oui... Bien sûr. On vous appellera si son état s'aggrave. Mais le médecin était formel : elle s'est simplement tordu la cheville, il n'y a aucune raison de s'alarmer.

J'avais toutes les peines du monde à ne pas faire exploser ma joie en voyant Henriette bouillonner, ainsi bloquée dans son fauteuil. Malgré mon excitation, je tâchais de rester discret.

— Évidemment, Maman, c'est d'ailleurs ce que le docteur nous a conseillé. C'est plus prudent, elle ne peut de toute façon pas rentrer chez elle dans cet état.

— Il m'a immobilisée quinze jours, cria la voix irritée d'Henriette depuis le salon. Ce n'est pas rien !

Cette nouvelle me fit l'effet d'une bombe. Pendant quelques instants, je fus sonné, avant de prendre la mesure de ce qu'elle signifiait. Quoi, quinze jours ? Mais, mais... c'était une véritable catastrophe !

— Oui, Maman, c'est promis, dit Samuel. On vous embrasse très fort. Ne vous inquiétez pas, on gère parfaitement bien la situation.

Quand ce dernier raccrocha le combiné, j'eus le sentiment que tous mes espoirs se brisaient en mille morceaux. L'opération commando avait été un véritable fiasco. Au lieu de la pousser à rentrer chez elle, je n'avais réussi qu'à lui faire prolonger son séjour. C'était un désastre, un terrible désastre. L'opération « Infiltration » avait été un ratage complet.

Mamie Henriette bouillonnait de rage. De mon côté, je faisais de même, exilé comme un paria à l'extérieur de la maison. Quelqu'un d'optimiste aurait certainement soulevé un point positif dans tout cela. Pour une fois, Henriette et moi étions sur la même longueur d'onde ! Ma nature, elle, s'y refusa. Dévasté, je continuais de l'observer. Assise dans un des fauteuils du salon, elle regardait avec pitié son pied bandé, bien que confortablement calé. Rousquille dormait comme une masse sur ses genoux, épuisée par les événements de la matinée.

Je vis alors Samuel s'approcher d'elle, un verre d'eau à la main.

— As-tu aussi dit à ta mère que votre vilain chat a mis la chambre dans un état lamentable ? Et qu'il a uriné sur mes vêtements ? fit-elle avec une moue d'écœurement.

— Ça va, Mamie, n'en fais pas toute une histoire, balança Sam nonchalamment. J'ai mis tes vêtements dans la machine à laver. C'est pas un drame. Avec Caroline, on s'est même occupés de ranger la chambre.

La petite fille jeta un clin d'œil amusé à Sam, je vis que tous deux se retenaient de rire.

— À présent, tes affaires sont bien à l'abri dans le placard, poursuivit-il en tentant de garder son sérieux, aucun risque que Moustache ne recommence ! Bois plutôt un peu d'eau, ça va te faire du bien.

Il lui tendit le verre.

— Je t'ai préparé ton médicament.

— Ce chat est un vrai psychopathe, marmonna-t-elle.

Elle renversa son cou et je la vis déglutir son cachet en grimaçant. Un instant, j'espérai que l'antalgique l'étoufferait : une fausse route est si vite arrivée chez les personnes âgées !

— Mamie, calme-toi, s'il te plaît. Dans ton état, c'est déconseillé de s'énerver.

— Que je me calme ? Allons donc, vous voulez mon avis ? dit-elle en dressant la tête à l'image d'un dindon. Vous devriez le faire piquer, voilà tout, le problème serait réglé.

J'écarquillai les yeux, choqué. Je n'en revenais pas. Cette vieille rombière voulait effectivement ma peau ! Mike m'avait prévenu, je ne l'avais pas cru.

D'un coup, la voix de Caroline se fit plus ferme :

— Mamie ! Maintenant, tu vas arrêter tes enfantillages. Tu l'as bien cherché, notre Moustache.

Samuel saisit l'occasion d'enfoncer le cou.

— À peine arrivée, tu le mettais déjà à la porte, ajouta son frère. T'as même pas fait l'effort d'apprendre à le connaître.

— Mais enfin ! Il a littéralement agressé Rousquille.

— Moustache a été surpris, ça peut se comprendre, non ?

— De toute façon, dit Caroline, toi et Rousquille, vous êtes pareilles. Vous aboyez dès que quelque chose vous déplaît.

Avec sa voix criarde, je me fis la réflexion que la petite fille n'était peut-être pas la mieux placée pour lui faire une leçon de morale.

— Vous ne faites aucun effort pour vous adapter à un autre fonctionnement que le vôtre !

Henriette ouvrit des yeux grands comme des billes, outrée d'être ainsi secouée par deux enfants aussi caractériels qu'insolents. Elle s'apprêtait à leur répondre vertement quand la sonnette de l'entrée vibra bruyamment. Les enfants s'empressèrent d'aller ouvrir.

M. et Mme Marchal se tenaient sur le pas de la porte. Ils avaient été informés de ce qui était arrivé, ils venaient prendre des nouvelles de la grande blessée.

22.

Un aimable voisinage

— Bonjour les enfants ! Comment allez-vous ?

Deux sourires étiraient leurs visages.

— Ça va bien, merci, répondirent Sam et Caroline poliment.

— Maman et Papa ne sont pas là ?

— Non, ils sont partis hier pour le travail, ils ne reviendront qu'en fin de semaine. En attendant, c'est Mamie qui nous garde.

Samuel jeta un coup d'œil en direction du salon.

— Elle n'est pas au meilleur de sa forme, elle vient de se fouler la cheville.

— C'est ce que nous avons cru comprendre, en effet. La pauvre... Nous achetions notre baguette de pain chez M. Michelon, expliquèrent-ils, quand nous avons appris ce qui s'était passé. Mme Frenelle s'est empressée de tout nous raconter. Elle avait croisé Mme Galvado qui avait croisé

Mme Justin qui avait vu la voiture du médecin devant chez vous.

« Les nouvelles circulent vite à Belleville » pensai-je.

Mme Justin était la commère du quartier. Elle habitait le trottoir d'en face, sur la gauche, au numéro 22. Une petite dame osseuse, à l'œil affûté comme un rasoir. Rien ne lui échappait. Lorsque M. le Maire avait divorcé, c'était elle qui avait répandu la nouvelle. Il trompait sa femme depuis plusieurs mois avec Mlle Frange, la coiffeuse du village. Cette rumeur d'infidélité avait même failli lui coûter sa réélection ! Mme Justin s'en fichait. Elle disait que, dans la vie, il faut toujours assumer ses responsabilités. Elle connaissait tous les ragots qui traînaient et les colportait sans se gêner. M. et Mme Marchal, que la curiosité rapprochait, la fréquentaient régulièrement : ils étaient ainsi assurés d'être au courant d'à peu près tout ce qui se passait dans le quartier.

— La pauvre dame, quel accident affreux. Comment se porte-t-elle ?

— Elle va bien, ne vous en faites pas.

Henriette leva aussitôt les bras. Forcée de rester assise, elle ne pouvait faire que cela. Elle n'en revenait pas de la désinvolture avec laquelle ses petits-enfants parlaient de sa chute. Ils auraient dû être scandalisés. Au lieu de cela, ils minimisaient l'affaire et en profitaient pour la brocarder, elle avait même eu droit à son procès. L'esprit rongé par l'amertume, elle devait penser que la jeunesse d'aujourd'hui ne respectait vraiment plus rien, songeai-je en la regardant s'agiter sur son siège, secouant la tête.

— Pourrions-nous la voir un instant ? Elle doit être fatiguée, nous ne resterons pas longtemps.

Mme Marchal tendit ses mains en avant :

— Nous avons apporté une tarte aux quetsches*. Notre jardin en regorge, nous en avons à ne plus savoir qu'en faire !

— Merci beaucoup, répondirent-ils en s'emparant du gâteau.

Ils avaient l'air ravis.

— Caro, tu veux bien aller la prévenir, s'il te plaît ?

— Ok, mais t'as intérêt à m'attendre avant de commencer ! répondit-elle en pointant son petit doigt dictatorial en direction de son frère.

M. et Mme Marchal souriaient. Ils les regardaient se chamailler et semblaient trouver les deux enfants tout à fait charmants.

De mauvaise grâce, la petite sœur se dirigea alors vers le salon.

— Mamie, M. et Mme Marchal sont là, l'informa-t-elle d'une voix expéditive.

....

* Quetsches : variété de prunes à l'épiderme bleu, grosses et oblongues. La tarte aux quetsches est une spécialité alsacienne.

— M. et Mme Marchal ?

— Mais oui, tu sais, ces voisins qui veulent toujours tout savoir sur tout, ceux qui ont le gros chien horrible !

Aussitôt, M. et Mme Marchal blêmirent.

— Enfin, Caroline ! Fais attention à ce que tu dis, lui ordonna Henriette en chuchotant, gênée.

Puis, levant plus fort la voix à l'adresse du couple, elle enchaîna :

— Entrez donc, je vous en prie.

M. et Mme Marchal, quelque peu déstabilisés, hésitaient.

Henriette poursuivit, l'air désolé :

— Veuillez excuser ma petite-fille, dit-elle en adressant de gros yeux à Caroline qui rejoignait son frère dans la cuisine.

Elle afficha un air innocent, levant les mains au ciel, en passant derrière elle.

— Ces enfants ont reçu une éducation pour le moins... libérale, dirons-nous, souffla-t-elle à regret en tournant le regard vers eux. N'y prenez pas garde, vous êtes les bienvenus. Je vous remercie sincèrement pour votre sollicitude, c'est très aimable à vous de venir prendre de mes nouvelles, s'exclama-t-elle, levant à nouveau la voix en direction des deux gloutons qui s'empiffraient déjà, et que la pique n'atteignit pas.

Elle invita le couple à s'asseoir, feignant un réel enthousiasme.

— J'aurais préféré avoir le plaisir de faire votre connaissance en d'autres circonstances, mais que voulez-vous...

Elle eut un geste d'impuissance, leur désignant sa cheville :

— Vous m'excuserez de vous accueillir dans une si misérable posture, mais le médecin a été catégorique : il m'a interdit de bouger le pied d'un millimètre jusqu'à demain.

— Allons donc, quelle histoire, c'est à peine croyable ! Nous ne voulions pas vous déranger, répondit M. Marchal, tout en s'asseyant bien confortablement. Nous passions à tout hasard, voir si nous pouvions aider.

— Nous avons également apporté une tarte, enchaîna sa femme, les enfants s'en sont emparés comme si quelqu'un allait la leur voler. J'espère qu'ils vous en laisseront une part, lança-t-elle en riant.

— Rien n'est moins sûr, répondit Henriette, sceptique. En tout cas, voilà une délicate attention. Je vous remercie... J'espère qu'ils en ont fait de même ! dit-elle en appuyant plus fort la voix pour qu'elle parvienne jusqu'aux oreilles des deux goinfres.

Des voix postillonnantes s'élevèrent de la cuisine :

— Merchi ! Elle est chuper bonne, répondit Samuel, la bouche pleine.

— Oui, ch'est trop bon, confirma sa sœur.

Visiblement, ils se régalaient.

M. et Mme Marchal échangèrent un regard satisfait. Henriette, de son côté, était dépitée. Ne pouvaient-ils pas finir d'avaler leur bouchée avant de parler ?

M. Marchal reprit :

— Nous voulions juste vous assurer de notre présence en cas de besoin, déclara-t-il d'un air soudain plus formel. Les enfants nous ont dit que vous étiez seule avec eux à la maison. Avec ce pied en berne...

Il avait l'air sincèrement inquiet pour elle.

— C'est gentil, répondit-elle, touchée. Mais ne vous inquiétez pas, tout ira bien. Ce n'est pas aussi grave que ça en a l'air, j'en ai vu d'autres, s'exclama-t-elle.

Mme Marchal adopta un ton mielleux et répondit :

— En tout cas, sachez que nous sommes là.

Elle avait dit cela, la tête penchée, les yeux légèrement plissés, avec une insistance un peu trop marquée.

Henriette s'étonna de cette générosité maintes fois répétée.

— Je n'hésiterai pas. Je doute que cela s'avère nécessaire, assura poliment cette dernière.

Leur extrême prévenance commençait un peu à l'agacer. Elle les fixa en souriant, sans relancer la discussion pour autant, priant pour qu'ils comprennent son besoin subit de retrouver un peu de tranquillité.

— Bien, nous ne vous dérangeons pas plus longtemps, poursuivit M. Marchal d'un air détaché.

Henriette parut soulagée tandis que ce dernier glissait un bref regard circulaire dans la pièce, avant de taper ses paumes de mains sur ses genoux, d'un geste décidé.

— Je suis désolée de ne pouvoir vous raccompagner moi-même, s'excusa Henriette. Les enfants… commença-t-elle sa phrase à haute voix.

Elle n'eut pas le temps de la terminer.

— Ne les dérangez pas, la coupa aussitôt Mme Marchal. Ce n'est pas la peine, nous connaissons le chemin.

Puis, comme s'ils s'étaient assis sur le même ressort, le couple se leva au même moment.

— Nous repasserons demain, déclara soudain Mme Marchal. Prenez bien soin de vous, surtout.

Je vis, à la mine circonspecte d'Henriette, que la perspective d'une seconde visite ne l'enchantait guère.

— J'espère que d'ici là vous vous porterez mieux.

Henriette s'apprêtait à décliner l'offre de sa voisine lorsque l'homme et la femme tournèrent les talons en lui coupant l'herbe sous le pied.

— C'est entendu alors. Nous vous disons donc à demain, Henriette. Au revoir, les enfants ! lancèrent-ils gaiement en rejoignant la porte d'entrée.

Henriette souffla, déçue de ne pas avoir osé être plus ferme.

« Que lui arrivait-il donc ? » m'interrogeai-je. Ce n'était pourtant pas son genre de se laisser envahir ainsi. Les émotions des dernières heures semblaient l'avoir épuisée. Dépitée, elle alluma la télévision. Elle voulait se changer les idées. Une publicité pour un nouveau dentifrice offrant un brossage révolutionnaire résonna dans la pièce. Elle zappa, contrariée. Elle portait un dentier.

Caroline et Samuel, de leur côté, étaient en train de préparer une collation destinée à enterrer la hache de guerre, à en juger par la quantité monstrueuse de crème chantilly qui l'ornait.

Je regagnai mes appartements, la patte traînante, tandis que cette vieille bûche héritait de la dernière part de tarte. J'étais blasé. Depuis son arrivée, c'était la seconde fois qu'un bon repas me passait sous le nez.

23.

Une remontrance bien méritée

La nuit s'annonçait fraîche. Et elle serait visiblement pluvieuse, même si les nuages ne semblaient pas encore décidés à laisser tomber leurs premières gouttes.

D'un bond leste, je me frayai un passage par la fenêtre du garage. Elle était restée entrouverte. Henriette et son acolyte n'étaient là que depuis vingt-quatre heures, mais elles m'avaient déjà privé de mes habitudes les plus essentielles : la sieste sur le canapé en milieu de matinée, les fins d'après-midi avec Caroline, que j'écoutais distraitement résumer sa journée. Son filet de voix ininterrompu qui me berçait. Heureusement, mes soirées avec Sam avaient été épargnées.

Patiemment, j'attendis qu'il daigne me rejoindre dans notre nouvelle chambre. J'appréhendais ce qu'il allait me dire. Mon attitude l'avait certainement déçu. J'avais enfreint la promesse de me tenir à carreau. Et provoqué, de ce fait, un nouveau drame. C'était la seconde fois. Cette fois-ci, Samuel ne me soutiendrait sûrement pas.

Dès qu'il entra dans le garage, mes craintes se confirmèrent. À son visage renfrogné, je vis qu'il était fâché.

— Moustache, qu'est-ce qui t'a pris de faire une chose pareille ?

Il était encore plus énervé que je ne l'avais imaginé.

— Je t'avais dit de ne pas rentrer dans la maison ! Tu ne crois pas que la situation est déjà assez compliquée ?

Je baissai le regard, puis émis un petit miaulement désolé. Que pouvais-je faire d'autre ? Il avait raison de me blâmer. J'avais eu tort. Je ne bougeais pas. Je n'osais pas m'approcher, il était furieux contre moi. J'acceptai ses remontrances sans protester, priant pour que sa colère s'éteigne aussi vite qu'elle était montée.

— Je vois bien que tu t'en veux, je te connais par cœur ! Mais quand même, déplora-t-il, l'air excédé. Est-ce que tu te rends compte de ce que tu as fait ? C'est de ta faute si Mamie s'est blessée. Franchement, saccager sa chambre, renverser tout sur ton passage, tu cherchais quoi au juste, à te venger ?

Navré, je me ratatinai dans un coin du garage. J'y étais allé plutôt fort, c'était vrai.

— C'est réussi, tu t'es bien débrouillé. Maintenant, Mamie veut te faire piquer !

C'était un garçon noble, épris de justice, et d'une droiture implacable. Les réprimandes de Samuel étaient parfaitement justifiées. Au fond de moi, je savais pertinemment qu'il avait raison. Quand l'indigne décision de me déplacer au garage avait été prise, il n'avait pas hésité une seconde à me soutenir, allant jusqu'à partager mon bannissement.

À présent que je l'avais déçu, je me sentais terriblement coupable. Que pouvais-je faire pour me faire pardonner ? Je n'en avais strictement aucune idée. Et tandis que je reculais, tout penaud, je repensai soudain à la photo. Cette photo que j'avais volée à Henriette dans sa chambre après l'avoir vandalisée. Quelle idée avais-je eue de m'en emparer ?

D'un pas prudent, je reculai vers ma panière. Je me rappelais avoir caché la photographie au-dessous du duvet. Elle était toujours là, qui m'attendait. Je la saisis délicatement pour ne pas l'abîmer. J'avançai ensuite vers Samuel, museau dressé.

Il se pencha vers moi, intrigué par le bout de papier que mes crocs lui tendaient.

— Qu'est-ce que c'est ?

Une curiosité nouvelle adoucit soudain sa voix :

— Ne me dis pas que tu as volé cette photo à Mamie ? s'exclama-t-il, affectant un nouvel air plus désespéré que jamais.

Il regarda avec plus d'attention le cliché.

— C'est une photo d'elle avec Papy, nota-t-il, étonné.

Je me frottai à ses pieds, il s'assit sur le lit pour la contempler.

— Je ne l'avais jamais vue.

L'émotion l'étreignait.

— En vérité, je n'ai pas vu beaucoup de photos de Papy. Maman n'en parle quasiment jamais.

Il s'approcha plus près du cliché.

— C'est dingue, observa-t-il, on dirait que Mamie est une tout autre personne. Elle a l'air tellement heureuse.

Sur la photographie, en effet, Henriette rayonnait de bonheur. Son mari s'y tenait près d'elle, vêtu d'un élégant costume trois-pièces. Il l'enlaçait, un bras posé sur son épaule. Ils paraissaient très amoureux, comme si l'avenir leur souriait. Entre leurs mains, ils tenaient un bébé. Emmailloté dans une petite couverture en dentelle, il avait quelques mois à peine. Ce dernier, amusé, regardait l'objectif en souriant.

« Annie » pensai-je.

Samuel ne parvenait pas à détacher ses yeux du cliché, je dus redoubler d'efforts pour le ramener à la réalité.

Il secoua subitement la tête :

— Tu te rends compte, Mous, c'est peut-être la dernière photographie prise de Papy avant sa mort. On ne peut pas la garder ici, il faut absolument la rendre à Mamie !

Il marqua un temps d'arrêt, préoccupé.

— Je m'en occuperai demain. Pour ce soir, inutile de la fâcher davantage.

Un clin d'œil amusé enleva une partie de la culpabilité qui me pesait.

Quand arriva l'heure du coucher, cette éprouvante journée nous avait épuisés. Le sommeil ne tarda pas à nous gagner. Nous entendîmes les premières gouttes de pluie tomber, avant de plonger. Je me félicite encore aujourd'hui du repos que me procura cette nuit-là, car la journée qui suivit fut une des plus terribles de ma vie.

24.
Une étrange disparition

En ce mercredi matin, le soleil peinait à apparaître. Ses rayons les plus opiniâtres perçaient difficilement à travers les nuages. La pluie s'était arrêtée, mais la terre détrempée ne parvenait plus à absorber le volume des précipitations qui étaient tombées pendant la nuit. Des flaques d'eau s'étaient formées dans chaque creux de l'allée, et il y avait de la boue partout ! Même les trottoirs présentaient, çà et là, des nappes d'eau plates de dimensions variables, à faire briller d'envie les yeux des enfants que l'on pressait de se rendre à l'école. Par temps sec, ils étaient lisses comme des miroirs.

J'avais toujours répugné à mettre la truffe dehors les jours de pluie. Conjuguée à l'humidité, elle avait le désagréable don de former sur ma fourrure une ribambelle de petites pointes que je m'appliquais à lisser une fois sèches. Je détestais avoir le pelage en bataille. Les poils en désordre me donnaient l'impression d'avoir été surpris au saut du lit par le facteur livrant un recommandé. En toutes circonstances, j'aimais être présentable, et à mon avantage.

Cependant, j'avais le besoin urgent de me dégourdir les pattes. Bravant ma réserve, je pris le parti de sortir malgré tout. J'avais dans l'idée de rejoindre Mike et de tout lui raconter. Parvenu à l'angle de la rue des Romarins, je tournai sur la gauche, la maison de Jojoko se dressait au fond de la rue.

Mike faisait les cent pas sur la terrasse. Visiblement, il était préoccupé. Il m'expliqua rapidement que Jojoko avait passé la matinée à errer dans la maison, comme une âme en peine. Depuis le lever du jour, elle n'en finissait plus de se lamenter.

— Je t'avais dit qu'elle passait son temps à ouvrir et fermer tous les placards de la maison, non ?

— Oui, en effet, je m'en souviens.

— Eh bien, sache qu'en vérité, c'est là qu'elle cache un écrin à bijoux. Écrin auquel elle tient plus que tout. Depuis que je la connais, je la vois le déplacer d'un endroit à l'autre de la maison, par crainte qu'on ne le lui vole. Jusqu'à présent, ses pertes de mémoire ne l'avaient jamais vraiment affolée, elle avait toujours pu le retrouver. Aujourd'hui, elle était incapable de se rappeler l'endroit où elle avait rangé l'écrin. Ce qui est dingue, poursuivit-il en plantant son œil vitreux dans les miens, l'air ahuri, c'est que je l'ai vue, hier matin, ranger cette boîte dans le buffet en pin. Je l'ai vue comme je te vois, là !

Il ne tenait pas en place.

— Impossible de la retrouver, Jojoko est en train de devenir folle. Elle n'arrête pas de tourner en rond. Si ça continue, elle va disjoncter pour de bon.

À présent, il était complètement paniqué, comme si quelque chose lui échappait.

— Vous avez cherché partout ?

Très vite, je compris que j'aurais mieux fait de garder le silence plutôt que de balancer une ânerie pareille.

— Évidemment ! répondit-il avec incrédulité.

Il sauta alors sur le rebord de la fenêtre puis tourna sur lui-même, opérant des allers- retours entre la balancelle et la margelle en bois. Il avait toutes les peines du monde à garder son calme.

— Depuis six heures du matin nous passons la maison au peigne fin, tu penses bien !

Il était affligé.

— Nous avons inspecté toutes les pièces, toutes les cachettes qu'elle avait l'habitude d'utiliser. Par sécurité, nous avons vérifié à deux reprises, pour être sûrs de ne pas passer à côté. C'est un véritable mystère.

Puis, il m'avoua la chose suivante, qui accrut l'inquiétude que je ressentais :

— Jojoko était tellement désespérée qu'elle a fait une crise de nerfs. Et, juste après, je l'ai vue s'écrouler, inconsciente, sur le canapé.

Il jeta un bref coup d'œil à l'intérieur, soulagé de constater qu'elle dormait toujours.

— Je te jure, elle m'a fichu une de ces trouilles.

Je tentai de le rassurer :

— Une sieste va lui faire du bien. Après, elle aura les idées plus claires. Vous allez forcément le retrouver, cet écrin n'a quand même pas pu disparaître.

Mike observa une pause dans notre conversation. Il semblait réfléchir à quelque chose. L'instant d'après, il leva à nouveau le regard vers moi et me considéra d'un air grave :

— Tu sais, me dit-il, sur le ton de la confidence, je repense à cette histoire de cambriolages.

Je levai les sourcils, attendant la suite.

— Je me dis que, eh bien, peut-être...

— Peut-être quoi ? demandai-je avec impatience.

Je détestais ce sentiment d'avoir un train de retard dans ma réflexion.

— Eh bien, la maison a peut-être été visitée en notre absence.

— Tu plaisantes ? répondis-je, stupéfait. M'enfin Mike ! Jojoko ne sort quasiment pas de chez elle. Et toi, tu ne t'éloignes jamais très longtemps. Depuis quelque temps, tu ne la quittes même plus d'une semelle. Si quelqu'un était entré dans la maison, vous l'auriez forcément vu.

— Tu as probablement raison. Je ne sais pas, c'est quand même bizarre.

Tandis que je convoquais d'autres arguments, mon regard se posa par hasard sur le trottoir d'en face. Comme à son habitude, Mme Galvado était postée derrière son rideau.

— Et votre voisine ? Elle vous aurait forcément prévenus si quelqu'un était entré. Elle passe ses journées le nez collé à la fenêtre. Elle a les yeux d'Argus*, vise un peu !

— Arrête, tu connais la mère Galvado, objecta-t-il d'une voix lasse. Tu sais comme moi qu'elle lève souvent le coude dans la journée.

En effet, je le savais. Et je n'étais pas le seul.

Cette femme était réputée dans tout le quartier pour être portée sur la bouteille. Il se pouvait très bien qu'elle n'ait rien vu, ou qu'un cambrioleur soit entré par effraction quand elle dormait. Ces derniers temps, il lui arrivait de plus en plus souvent de sommeiller en plein milieu de la journée. Mme Galvado n'était pas la personne la plus fiable au monde, certes. Mais elle avait le mérite d'habiter sur le trottoir d'en face et de confondre sa fenêtre principale avec un téléviseur haut de gamme.

....

* Argus : nom d'un berger qui avait la particularité de posséder cent yeux qu'il ne fermait jamais tous en même temps.

Mike se laissa malgré lui envahir par une peur panique, qui se mua ensuite en un profond abattement.

D'une voix découragée, je l'entendis me déclarer :

— Si on ne parvient pas à remettre la patte dessus, j'ai bien peur que Jojoko ne me lâche définitivement...

25.

Stupeur, rires et tremblements

Cette vieille dame avait toujours eu, depuis qu'il la connaissait, un comportement fantaisiste. Elle avait indubitablement une araignée au plafond ! Mais, au fond d'elle, Jojoko n'était en réalité qu'une enfant.

Une fois, Mike m'avait raconté qu'il l'avait espionnée : elle minaudait devant la porte d'entrée, le visage légèrement empourpré. Elle badinait, dessinant de timides ronds de jambe sur le sol, l'air à la fois gêné et polisson. Comme une jeune fille respectable sur le point de commettre une infraction.

Apparemment, le portemanteau était en train de lui adresser une invitation à dîner, et il semblait y mettre toutes les formes. Elle était tellement absorbée par cette étrange conversation qu'elle n'entendait même plus les miaulements affolés de Mike qui s'époumonait à ses pieds, tentant de la faire sortir comme il pouvait de sa rêverie.

Fragile et tourmentée, elle vivait dans son monde à elle. À force de patience, Mike avait réussi à s'y frayer un chemin et, à présent, il redoutait de redevenir orphelin.

— Tu sais, toi, ce qu'elle cache à l'intérieur de cette boîte ? demandai-je, poussé une nouvelle fois par la curiosité.

— Non, elle ne l'ouvre jamais. Mais ce que je sais, en revanche, c'est qu'elle y tient comme à la prunelle de ses yeux.

Il était sûrement le mieux placé pour employer cette expression-là.

— Ouais, je vois ce que tu veux dire, répondis-je, la mine triste, en repensant à la photographie volée d'Henriette.

Il intercepta mon regard qui se perdit un instant dans le vague. Se rappelant soudain qu'il ignorait pourquoi j'étais là, il me demanda :

— Excuse-moi, mon pote, je perds la tête avec tout ça. Je ne t'ai même pas demandé comment tu allais.

Je soupirai, l'air désolé.

— Comment résumer ça, fis-je, tout en ayant l'air de réfléchir à la formule la mieux adaptée. C'est assez simple, finalement : j'ai fait n'importe quoi, répondis-je, le front baissé.

Je lui racontai les grandes lignes de ma piteuse épopée, dont il avait vu le démarrage, la veille. Je lui peignis le tableau de mon entrée dans les lieux, lamentable, le rideau de douche à moitié défait que j'avais laissé, déchiré et gisant dans le receveur détrempé. Je ne lui cachai pas ma honte en rapportant les traces de pattes qui maculaient le couloir. La chambre de Sam, sens dessus dessous.

Cependant, je ne pus m'empêcher de sourire en repensant à ce qui avait souillé les vêtements d'Henriette. Intrigué par mes yeux pétillants de malice, il voulut absolument savoir à quoi je pensais.

— Non, tu n'as pas osé faire ça ? s'insurgea Mike, à la fois amusé et horrifié par l'aveu.

— Si, gloussai-je. Et ce n'est pas tout. J'étais dans une telle euphorie que, lorsque je les entendis pousser le pas de la porte, je me suis posté, l'air triomphant, en haut des marches des escaliers, tout fier de ma bêtise.

— Ben dis-donc, je vois que tu ne t'es pas démonté ! dit Mike, impressionné.

Il se refusait néanmoins à me féliciter.

— Gare à toi. Tu pourrais me faire de l'ombre, mon p'tit gars.

Mike avait la réputation d'être la tête brûlée du quartier.

— J'ai réussi à m'échapper en me faufilant entre les jambes de la vieille, mais sa sale teigne a voulu me pourchasser. Du coup, sans faire attention, elle a ligoté les jambes d'Henriette avec sa laisse. Et la vieille bique s'est retrouvée bloquée. Elle est tombée en arrière, les quatre fers en l'air.

— Joli coup ! s'exclama-t-il en souriant.

— Ouais… répondis-je.

Je baissai les yeux, puis annonçai sans détour la conclusion de l'histoire :

— Elle est immobilisée quinze jours, une vilaine entorse. Elle va devoir rester une semaine de plus.

Mike éclata d'un rire soudain. Il rigolait tant qu'il se roulait sur les pavés, tandis que je priais pour qu'il cessât de se moquer. C'était plus fort que lui, il ne pouvait pas. Comme si, après toutes les angoisses éprouvées dans la matinée, il se libérait.

— Ça va, pas la peine de t'étouffer, maugréai-je, vexé. L'heure est grave, Mike. Il faut absolument que tu m'aides à sortir de ce pétrin. Tu sais ce qu'elle a dit aux enfants, cette foldingue ? Que j'étais givré. Qu'il fallait me piquer !

Loin de le calmer, cette révélation ne fit que redoubler son hilarité. À moitié allongé sur le bitume, Mike riait à s'en décrocher les mâchoires. À tel point que je me demandai s'il avait connu, un jour, un tel moment de félicité. Incapable de s'arrêter, il se contorsionnait en moulinant des pattes avant et, peu après, je ne pus résister à l'envie irrépressible de me joindre à lui.

— T'es incroyable, mon pote, réussit-il à articuler entre deux larmes de joie.

Un grognement sourd mit soudainement fin à cette scène de liesse. Il retentit au-dessus de nos têtes avec un écho terrifiant et fit vibrer le sol avec une force surprenante. Nos pattes se mirent aussitôt à trembler. On aurait dit que deux plaques tectoniques venaient violemment de se heurter. Cette sensation nous glaça le sang.

Mike se redressa, oreilles aux aguets.

— Il n'a pas l'air content du tout, commenta Mike, inquiet.

Je savais parfaitement de qui il parlait. Ce mugissement, nous l'aurions reconnu entre tous. C'était celui de Gros Jack.

26.
Gros Jack

Le dogue argentin s'apprêtait à fondre sur une proie. À ses grognements, nous comprîmes qu'il aurait tôt fait de la désosser et de la balancer dans le regard du tout-à-l'égout, rendant alors ainsi impossible l'identification de la victime.

C'était toujours ainsi qu'il procédait – du moins, c'est ce que l'on racontait dans le quartier. Mike et moi n'avions jamais eu l'occasion de vérifier. Et nous comptions bien ignorer encore longtemps si c'était ou non la vérité.

— Il y en a un qui va passer un sale quart d'heure, murmura Mike à voix basse.

Ne résistant pas à la curiosité, nous décidâmes de nous approcher. À pas feutrés, nous avançâmes vers l'endroit d'où provenait le bruit. À mesure que nous progressions, les grognements s'intensifiaient, devenant de plus en plus terrifiants. Mike et moi avions nos entrailles nouées. Nos estomacs se contractèrent davantage alors que nous nous rapprochions.

Un cri de terreur nous donna soudain la chair de poule. La série de glapissements déchirants qui suivit acheva de nous retourner. Instinctivement, mes pattes s'entrechoquèrent de façon totalement incontrôlée. Gros Jack jouait avec sa proie, il ne voulait pas la tuer avant de s'être un peu amusé. C'était un tortionnaire. Un tueur sadique. Impitoyable et cruel.

Nous nous hasardâmes, prudents, vers la provenance des cris. Nous empruntâmes l'extrémité de la rue des Lilas, à l'opposé de la maison des Malloré. La scène se déroulait manifestement au bout de l'allée du Bois. Là, précisément, où les Marchal avaient construit leur villa.

Qui donc avait eu l'audace de s'approcher de la zone interdite ? Elle était farouchement gardée par le molosse, tout le monde le savait. Celui-là devait être parfaitement inconscient – ou alors complètement fou – pour oser s'aventurer si près.

Mike, plus courageux que moi, remonta l'allée du Bois et se dissimula derrière les pâtés de maisons qui nous séparaient de la demeure des Marchal. Une fois parvenu au numéro 5, il fila se cacher derrière un bosquet, hasardant l'œil valide qu'il lui restait, à travers le feuillage d'une haie. Le spectacle qu'il découvrit était insoutenable. La mise à mort de l'animal était imminente, ce n'était pourtant pas le plus terrifiant.

— Nom de Zeus ! s'écria-t-il d'une voix ahurie.

— Quoi ? m'exclamai-je en le rejoignant à la hâte.

Avec horreur, je compris alors ce qu'il voulait dire. Nous connaissions tous deux la victime.

— Nom d'un bougre de zouave ! C'est Rousquille, tressaillis-je.

— Elle est complètement terrorisée. Regarde, elle tremble comme une feuille.

J'évaluai rapidement la situation : le caniche d'Henriette était dans un pétrin carabiné.

— On ne peut pas rester là sans rien faire, il ne va faire qu'une bouchée d'elle.

J'observais la scène qui se jouait, toujours bien caché derrière le feuillage.

— On doit réagir !

— Moustache, c'est trop tard, m'objecta Mike d'une voix ferme, en me regardant.

— Elle est encore en vie, il n'est pas trop tard !

— Bon Dieu, Mous, t'es inconscient ou quoi ? me balança-t-il sans ménagement. Est-ce qu'un jour tu vas m'écouter ? Je t'avais dit de te faire oublier, regarde où tout ça t'a mené. Tu dors comme un bagnard, dans un garage miteux, relégué au sous-sol comme un vulgaire pouilleux !

Puis, il recula d'un pas avant de me secouer :

— Pour une fois dans ta vie, fais ce que je te dis. Il n'y a pas d'autre alternative ! Tu ne lui dois rien, bien au contraire.

Je restai une seconde interdit, le regardant, ignorant ce que je devais faire. Mike m'exhortait à déguerpir pour ma propre sécurité. D'un autre côté, la vision de Rousquille, pétrifiée de terreur, me hanterait jusqu'à la fin de mes jours si je décidais de m'enfuir. D'avance, je le savais. Comment pourrais-je continuer de vivre en paix, sachant que je n'avais même pas essayé de l'aider ? Et Henriette, me demandai-je. Y survivrait-elle ? Elle avait perdu tant d'êtres chers.

J'en étais là de mes réflexions quand, subitement, la pluie se mit à tomber. Les grognements de Gros Jack ébranlaient les fenêtres des maisons voisines. Comment Rousquille avait-elle pu se retrouver de ce côté, près du domicile des Marchal ?

Tout à coup, je compris. Elle avait dû sortir seule se balader. À cause de sa cheville blessée, Henriette n'avait pas pu l'accompagner. En somme, tout était ma faute. Si je n'avais pas fait chuter Henriette dans les escaliers, rien de tout ceci ne serait arrivé. Et Gros Jack n'aurait pas été sur le point de la déchiqueter.

C'est alors que je sentis un rayon de soleil se poser sur ma truffe. Je levai la tête en direction du trait de lumière quand, soudain, mes tremblements cessèrent. Un sublime arc-en-ciel se dessinait dans le ciel et, en un éclair, je fus délivré de toute hésitation. Dans mon esprit, tout devint clair. Je sus exactement ce que je devais faire.

27.
Opération kamikaze

Je ne ressentais plus la moindre appréhension.

— Tu as tort, Mike, rétorquai-je avec un grand sourire. Je lui dois quelque chose. Rousquille fait partie de ma famille, que je le veuille ou non. Nous avons beau nous détester, nos destins sont liés. Il n'est pas trop tard pour la sauver.

— T'as pété un plomb ? Arrête de délirer, Mous, me supplia Mike. Tu ne pourras rien y faire. Ne me dis pas que tu envisages sérieusement de te sacrifier pour elle ?

Je m'élançai alors même qu'il tentait encore une fois de me dissuader.

— Tu vas y laisser ta peau ! l'entendis-je crier dans mon dos.

Concrètement, je n'avais aucune idée de ce que j'allais faire. Je n'avais aucune chance face à Gros Jack. Mais mon expérience m'ayant prouvé à maintes reprises que lorsque j'échafaudais un plan, ce même plan partait généralement en cacahuète, je jugeai préférable d'improviser.

Prenant mon courage à deux pattes, à peine entré sur la pelouse, j'interpellai sa gueule de tueur :

— Eh Gros Jack, ça va comme tu veux ? lui lançai-je.

Il était sur le point de saisir Rousquille à la gorge. Et, tandis que je freinais des pattes avant pour stopper ma course effrénée, je manquai de peu de glisser et de m'étaler sur le gazon. Je me redressai haletant devant une Rousquille hébétée. Gros Jack me fixait. Son regard débordait de perplexité, il était visiblement surpris de me voir débarquer ainsi.

La seconde d'après, un horrible rictus déforma sa gueule qui écumait de bave et de rage mêlées. Si je n'avais pas été aussi déterminé, le regard noir qu'il me renvoya aurait achevé de faire tourner mes pauvres coussinets souillés. Ses yeux me détaillaient avec une intensité terrifiante. On aurait dit deux flèches de métal tranchantes, prêtes à me transpercer sur place.

— Tiens tiens, Moustache, grogna-t-il de sa voix rocailleuse. Quelle bonne surprise !

Il avait une voix sourde et caverneuse, qui avait dû être forgée dans les profondeurs de l'enfer, ou taillée dans un torrent de pierres par le Diable lui-même.

Les mots qu'il prononça claquèrent à mes oreilles comme autant de coups de fouet.

— Que fais-tu là ? mugit-il méchamment. Au cas où tu ne l'aurais pas remarqué, j'ai une petite affaire à régler, ironisa-t-il.

Il m'adressa un sourire mauvais.

— Je m'occuperai de toi juste après.

Avant de rectifier :

— À moins, bien sûr, que tu ne sois pressée.

Rousquille tremblait de tout son corps. Jamais, de sa vie, elle n'avait ressenti une peur pareille. M'armant de tout le courage qu'il me restait, je répliquai et tentai de bluffer du mieux que je pouvais :

— Jack, je te conseille de la laisser tranquille, le menaçai-je, dissimulant du mieux possible le manque d'assurance de ma voix. Tu vois bien qu'elle n'est pas du quartier.

— Tu oses me donner des ordres, sale nabot, cracha-t-il en lançant un épais filet de bave dans ma direction.

Je jetai un regard furtif vers Rousquille et, au prix d'un effort colossal, m'efforçai de lui sourire. Bien sûr, mon cœur continuait de tambouriner frénétiquement dans ma poitrine. Mes pattes, elles-mêmes, étaient sur le point de flancher, mais je fis mon possible pour ne rien laisser paraître, et fus récompensé l'instant d'après.

En effet, croiser un regard familier suffit à faire sortir Rousquille de sa paralysie.

— Ne reste pas là, Moustache, articula-t-elle d'une voix suppliante. Il va te mettre en pièces !

— Quelle importance ? répondis-je en souriant, d'un air faussement désinvolte. Après tout, tu ne m'aimes pas beaucoup.

Je reportai mon regard sur Gros Jack, qui écumait de rage.

— Ce ne sera pas une grande perte pour toi.

— Arrête, répondit Rousquille. Ne joue pas les imbéciles.

Je reportai mon regard dans sa direction, elle reprenait peu à peu ses esprits.

— Tu vas finir par me donner raison, poursuivit-elle.

Je dressai aussitôt les moustaches en signe d'incompréhension.

— Parfois, t'es aussi bête qu'un oignon !

Du coin de l'œil, je vis Gros Jack qui s'apprêtait à foncer sur nous quand, tout à coup, un puissant jet d'eau lui explosa au museau. L'arrosage automatique de M. et Mme Marchal venait de se mettre en marche. La seconde d'après, j'entendis une voix crier dans mon dos :

— Déguerpissez tout de suite !

Mike était venu m'aider. Il avait fait diversion en actionnant le système d'irrigation. Sans plus attendre, nous détalâmes comme des fusées. Et, tandis que je m'enfuyais, l'idée que ce dernier ne m'avait pas abandonné m'emplit d'un sentiment de joie inégalé : son amitié et sa fidèle loyauté venaient de nous offrir une chance inespérée de garder la vie sauve. Nous échangeâmes un sourire complice tandis que nous courions, aussi vite que possible, en direction de la maison des Malloré.

28.

La Course-poursuite

Gros Jack fut déstabilisé quelques secondes, durant lesquelles nous parcourûmes déjà une bonne dizaine de mètres. Il s'ébroua un instant. Puis, tel une machine de guerre, il se jeta à nos trousses, rageant comme un forcené, déployant sa lourde musculature sur le pavé.

L'allée du Bois est la plus longue du quartier. Je compris rapidement que notre avance ne durerait pas. Le molosse gagnait du terrain à chaque foulée.

— Par ici, criai-je en obliquant brutalement sur le côté, coupant ainsi l'allée du Bois par le chemin de traverse pour rejoindre la rue des Lilas.

La décision de prendre ce virage surprit Gros Jack, qui négocia maladroitement la courbe. Il était lourd et chassa malencontreusement des pattes arrière. Mais, une fois ce virage passé, il s'élança à nouveau en reprenant la course de plus belle. Cette subite embardée nous permit néanmoins de regagner quelques secondes d'avance sur lui. Nous n'avions plus qu'une idée en tête : rejoindre au plus vite la maison des Malloré avant qu'il ne nous rattrappe.

L'objectif n'était plus très loin, je voyais à présent le marronnier qui se dessinait. Malheureusement, Rousquille dérapa au moment même de franchir le portail, s'étalant de tout son long sur le trottoir. J'avais atteint les escaliers et me retournai, inquiet. Gros Jack accéléra le pas et fonça sur elle. Impuissant, je le vis terminer sa course museau collé à quelques centimètres de celui du caniche apeuré.

Et, tandis qu'il reprenait son souffle, une panique indescriptible inonda les yeux de Rousquille. Il lui écrasait la poitrine de la patte avant.

Soudain, le souffle me manqua. J'étais tétanisé. Gros Jack allait la massacrer quand, tout à coup, la porte d'entrée s'ouvrit à la volée. On entendit alors une voix criarde résonner dans l'allée :

— Nom d'une pipe, c'est pas bientôt fini ce chahut !

C'était Mamie Henriette, que je n'avais jamais été aussi heureux de voir débarquer. Elle braillait comme un putois :

— Je commence à en avoir assez de ce vacarme ! Comment voulez-vous que je me repose ?

Elle posa son regard plus loin sur le trottoir et ouvrit ses yeux en grand en découvrant Gros Jack penché sur la pauvre Rousquille, terrorisée.

— Qui c'est celui-là, qu'est-ce qu'il fait comme ça, avachi sur ma petite Rousquille ? Nullement impressionnée par les quatre-vingts kilos de muscles du dogue ni par sa gueule sournoise de tueur, elle commanda d'une voix forte à l'animal de reculer :

— Tu vas filer, oui ? Laisse Rousquille tranquille.

Il la fixait d'un œil mauvais, sans bouger.

— Tout de suite !

Comme il ne daignait pas la lâcher, elle attrapa quelque chose derrière la porte d'entrée puis s'avança vers lui en clopinant, bien décidée à se faire obéir.

— Je suis peut-être une vieille femme, mais j'ai encore de la ressource, mon gaillard. Tu vas voir !

Elle brandit alors une canne en direction du dogue, l'agitant de façon menaçante. Je souris. J'étais convaincu que Gros Jack allait décamper vite fait, ce n'était pas le genre d'Henriette de négocier. Mais je me trompais. Il observait Henriette qui approchait, l'œil arrogant. L'instant d'après, il ouvrit sa gueule en grand, prêt à riposter.

Un sifflement aigu retentit au loin. Aussitôt, le dogue argentin dressa la tête : quelqu'un l'appelait. Sans hésiter, il détala instinctivement en direction du signal et libéra sa proie.

Henriette, étonnée, le suivit quelques secondes des yeux, avant de s'exclamer :

— C'est incroyable, il se passe sans arrêt quelque chose dans ce quartier !

Encore choquée, Rousquille courut la rejoindre, soulagée, faisant à sa maîtresse une fête effrénée. Elle jappait à ses pieds, glapissant de joie.

Henriette se baissa, essayant avec tendresse de la calmer.

— Là, là, tout va bien, ma jolie, la caressait-elle pour la rassurer, le vilain chien ne t'embêtera plus.

Au bout d'un moment, Henriette m'aperçut dans le coin. J'étais resté à l'écart des retrouvailles, la mine penaude, étroitement serré à Mike. Par crainte de sa réaction, je me rapprochai davantage de lui. Ce contact plus étroit l'incommoda : il essaya comme il pouvait de me repousser, visiblement gêné.

Une nouvelle flamme de colère embrasa les yeux de la grand-mère, qui se plissèrent :

— Encore toi ? claqua-t-elle, aigre.

Elle leva à nouveau sa canne, prête à m'assommer avec. Rousquille s'interposa entre nous deux, fixant sa maîtresse avec une détermination nouvelle.

— Pousse-toi de là, Rousquille !

L'autre lui tenait tête. Henriette, perplexe, afficha une drôle d'expression, le visage en point d'interrogation.

— J'ai raté quelque chose ? s'enquit-elle, canne toujours figée en l'air.

Les pas des enfants résonnèrent dans les escaliers, toute cette agitation les avait alarmés.

— Moustache, Mike, qu'est-ce que vous faites là ?

Rousquille choisit précisément ce moment-là pour se tourner vers moi. Bouche bée, tous la regardèrent baisser le museau vers moi avant de frotter tendrement sa tête contre la mienne. Si je m'attendais à ça !

Je crois que, de ma vie, je n'avais jamais rien connu d'aussi écœurant. J'étais sidéré. Les enfants eux-mêmes n'en revenaient pas.

Mike, de son côté, me jeta un regard mortifié. Je le menaçai aussitôt :

— Raconte à qui que ce soit ce qu'il vient de se passer là, dis-je en reprenant fière contenance, je te garantis que tu n'auras jamais plus rien à raconter de ta vie. Me suis-je bien fait comprendre ?

— Très bien, répondit-il, avec un sourire en coin.

Il observa quelques secondes de silence avant d'ajouter, comme pour lui-même :

— De toute façon, personne ne me croirait.

29.

Des explications compliquées

Le lendemain, une agitation familière m'extirpa du sommeil. De loin, j'entendais des portes s'ouvrir et se refermer, la chasse d'eau couler, des bruits de pas furtifs se déplacer au-dessus de ma tête. Cette rumeur égayait le rêve que j'étais en train de faire. Je souris. Elle m'était étrangement coutumière. Elle me rappelait l'agitation des enfants se préparant pour aller à l'école. Le bonheur d'une nouvelle journée, avec les Malloré.

La seconde d'après, je grimaçai. Ce que j'entendais ne pouvait être qu'un vieux souvenir qui résonnait. J'avais été relégué au fond du garage, comme un vulgaire pestiféré. À cette pensée, l'envie de me lever s'évanouit.

Dans un demi-sommeil, j'imaginais ce qui aurait dû suivre. Samuel et Caroline dévalant les escaliers, gobant à toute vitesse leur petit-déjeuner tant ils étaient impatients de remplir leurs estomacs affamés. Comme ils me manquaient...

Je m'étirai et, dans un irrépressible bâillement, j'ouvris un œil maussade. Aussitôt, je dressai le cou : les murs gris du garage avaient disparu !

Je me relevai d'un bond, redécouvrant un environnement familier. Le tableau en noir et blanc pendait en face de moi, sur le mur blanc. Le même que Franck avait réussi à accrocher maladroitement. Je m'en souvenais très bien : il était resté plusieurs semaines sur le buffet du salon, avant que ce dernier ne daigne s'en occuper. Au cours de l'opération, Franck s'était d'ailleurs blessé le doigt. Le tableau pendait légèrement. Malgré tout, il avait décidé de le laisser comme ça. À dire vrai, je n'avais jamais trouvé ce cadre aussi touchant. Il représentait le quartier de Manhattan*, mais j'aurais ressenti la même chose si ça avait été un figuier. On y voyait la statue de la Liberté brandissant sa torche à bout de bras.

Je clignai plusieurs fois des yeux, incrédule. J'avais du mal à croire que c'était bien elle qui se dressait là, victorieuse, devant moi. À sa vue, mon museau s'éclaira : non, je ne rêvais pas. Un nouveau tour d'horizon me confirma que j'avais passé la nuit, allongé sur le canapé des Malloré. Enfin, j'étais de retour chez moi.

....

* Manhattan : quartier central de New York.

Je descendis et flairai, surexcité, chaque centimètre carré de ce qui m'entourait. Je reconnaissais toutes les odeurs qui accompagnaient nos habituels débuts de journée. Le fumet délicat du café, qui embaumait le rez-de-chaussée. Un crépitement familier m'indiqua qu'il coulait dans la verseuse. Dans l'air, des effluves de gel douche parfumés : quelqu'un était en train de se préparer. Cette odeur se mêlait à celle des tartines grillées.

Je me dirigeai vers la cuisine. En l'absence d'Annie, quelqu'un était tout de même passé : ma gamelle était pleine à ras bord de pâtée. Un généreux bol de croquettes avait été déposé à côté. Ivre de joie, je me ruai sur ce festin et l'engloutis en quelques bouchées. Un léger bruit de cliquetis rompit mon euphorie. De mauvais souvenirs affluèrent immédiatement dans ma mémoire en même temps que mes poils se hérissèrent. Ce bruit, je le connaissais par cœur. Je pouvais l'identifier, les yeux fermés. Ce cliquetis caractéristique provenait des ongles de Rousquille.

Je me retournai et, sans surprise, la découvris qui se tenait là, à distance raisonnable derrière moi. On aurait dit qu'elle m'attendait. Je la fixai sans bouger. Elle semblait mal à l'aise. Au bout d'un moment, elle finit par articuler timidement :

— Bonjour.

Je lui répondis avec la plus grande méfiance :

— Falut, fis-je en déglutissant une ultime bouchée qui encombrait mon palais.

Baissant le museau, elle s'avança de quelques pas et vint s'asseoir près de moi. Apparemment, elle ne cherchait pas querelle, et je repris un volume plus naturel. Elle cherchait à formuler une phrase qui, visiblement, ne venait pas.

Je haussai les moustaches en signe d'impatience. Elle toussa pour s'éclaircir la voix avant de se décider enfin à aligner quelques mots d'affilée :

— Hum... Je voulais te remercier... pour hier, finit-elle par lâcher.

— Tu n'es pas obligée, répondis-je, comme je voyais qu'elle était gênée.

— C'est la moindre des choses. Tu as risqué ta vie pour moi, rétorqua-t-elle d'un ton presque agacé. Ce que tu as fait hier est incroyable. Héroïque même ! insista-t-elle.

Pourquoi, alors qu'elle me remerciait, avais-je l'étrange impression qu'elle m'agressait ? Je haussai les épaules, rassemblant à la hâte les souvenirs de la veille.

— Pour être honnête, je dois reconnaître que je n'en reviens pas moi-même.

J'observai un instant de silence.

— Je suis désolée. Avec Henriette, nous sommes arrivées dans cette maison avec nos habitudes et notre façon de vivre plein nos valises.

Elle me regarda, je ne l'interrompis pas.

— Je ne m'attendais pas du tout à devoir partager mon quotidien avec un autre animal. Et encore moins avec un chat !

Elle sourit légèrement.

— Quand je t'ai vu, j'ai immédiatement voulu te chasser.

— Tout comme moi, rétorquai-je sans réfléchir.

— J'ai réagi d'instinct...

Je me surpris essayant de la déculpabiliser comme je pouvais :

— Sache que moi non plus, je ne suis pas très fier de mon comportement.

Elle hocha le museau.

— Ensuite, la situation a très vite dégénéré. Henriette t'a pris en grippe, elle a dit des choses abominables.

Ajoutant immédiatement pour l'excuser :

— Sache qu'elle voulait uniquement me protéger.

J'écarquillai les yeux, un peu estomaqué :

— Elle suggérait quand même de me faire piquer. C'est un peu excessif, tu ne trouves pas ?

— Elle ne le pensait pas.

J'avais quelques doutes à ce sujet, cependant, je décidai de laisser tomber. L'heure n'était plus aux règlements de comptes, il y avait eu bien assez de disputes dans cette maison.

Je laissai passer quelques instants, puis répondis simplement :

— C'est du passé.

La conversation aurait dû s'arrêter à cet instant précis. Toutefois, Rousquille était sur sa lancée :

— Nous avons cherché à t'écarter, sans voir plus loin que le bout de notre truffe. À cause de nous, les Malloré ont été obligés de t'expatrier au garage. Cela dit, crois-moi, quand ils l'ont fait, j'étais enchantée. Au fond de moi, j'étais persuadée que tu l'avais bien mérité !

— Ça va, j'ai compris l'idée, la coupai-je, vexé.

— J'ai toujours détesté les chats, avoua-t-elle.

— J'ai toujours détesté les chiens.

Ma réplique du tac au tac la crispa légèrement.

— Pour être plus précise, je détestais les chats, mais je ne m'étais jamais demandé pourquoi. Je me mettais à aboyer automatiquement dès que l'un d'eux croisait mon chemin, c'était plus fort que moi.

Elle marqua une courte pause.

— Malgré tout cela, hier, tu as mis ta vie en danger pour moi.

Je décidai de lui livrer le fond de ma pensée :

— Je n'ai pas été très tendre avec toi, moi non plus. Ni très accueillant. Un chat, ça aime ses habitudes. Je regrette que notre première rencontre se soit aussi mal passée. Hier, j'ai compris que je ne pouvais pas t'abandonner. Tu fais partie de ma famille, même si c'est compliqué.

Avant d'achever :

— Je suis donc aussi responsable que toi.

Nous observâmes quelques secondes de silence.

— J'avoue que, moi aussi, j'avais beaucoup d'*a priori* sur vous.

Elle me regarda, perplexe.

— Oui, je parle des chiens en général. Cela dit, ceux de ton espèce m'indisposent tout particulièrement.

Elle inclina légèrement son museau :

— Les chiens de mon espèce, tu veux dire quoi par là ?

— Attends un peu, ce n'est quand même pas moi qui vais t'éclairer sur la réputation du caniche ?

Elle ne répondit pas. Ignorante des bruits qui couraient à leur sujet, elle dressa une oreille attentive dans ma direction, impatiente d'entendre la suite.

— Eh bien, balbutiai-je en la regardant, gêné, comment te dire ça sans te vexer. Le caniche est réputé pour être, euh, un chien... très capricieux.

Je marquai une pause, scrutant d'un œil prudent une réaction de sa part : elle ne cilla pas. Un peu rassuré, je continuai :

— On m'a toujours dit qu'en plus d'avoir... mauvais caractère, déclarai-je, mal à l'aise, ils sont assez... superficiels.

À ces mots, elle ne put réprimer un hoquet scandalisé :

— Quoi ? s'indigna-t-elle soudain.

— Qu'ils passaient leur vie chez les toiletteurs canins, à se faire dorloter et à se faire allègrement brosser le poil.

Visiblement, c'était la première fois qu'elle entendait cela.

— Tu ne t'es jamais demandé pourquoi les caniches étaient les chiens préférés des vieilles dames ?

— Non ! Pourquoi l'aurais-je fait ?

— Ces femmes sont souvent très seules, répondis-je, amusé. Elles manquent cruellement d'affection. Alors, comme elles n'ont personne d'autre de qui s'occuper, elles vous gâtent comme des bébés et vous chérissent toute la journée. Et c'est précisément ça qui vous rend insupportables, en plus d'être mal élevés.

À sa tête, je vis qu'elle était vexée.

Je me repris, un peu gêné :

— Enfin, tout ça pour dire que je ne connais pas beaucoup de baroudeurs qui choisissent les caniches comme chiens de compagnie.

Elle garda le silence un instant.

— Certes, nous sommes loin d'être des chiens, disons *rustiques,* se défendit-elle. Mais ce n'est pas parce que nous apprécions le raffinement que nous sommes superficiels. Et savoir ce que l'on veut ne signifie pas pour autant avoir mauvais caractère.

— Vous aboyez au moindre bruit, toute la sainte journée, lui rétorquai-je.

— Nous sommes spontanés !

— Non, vous êtes casse-pieds !

Elle se mit à grogner.

En réponse, je feulai.

Et dire qu'elle était venue pour faire la paix.

30.

Une trêve bien méritée

Un pas lourd résonna depuis la cage d'escalier. Une démarche particulière qui se décomposait en trois temps successifs. Mamie Henriette avait un galop reconnaissable entre mille.

Je me mis à paniquer. Rousquille s'en aperçut et entreprit aussitôt de me rassurer :

— Ne t'inquiète pas, souffla-t-elle, d'une voix destinée à m'apaiser.

Quand Henriette franchit la porte de la cuisine, elle s'arrêta un instant et nous regarda en nous inspectant tour à tour. Son visage, encore crispé par le tiraillement douloureux qu'elle ressentait dans la cheville, s'illumina soudain. Elle nous décocha l'instant d'après un sourire qui fit plisser ses yeux de bonheur. Pour la première fois, je lui découvrais un regard pétillant de joie.

— Bonjour, mes mignons ! lança-t-elle d'un ton réjoui.

Le visage d'Henriette s'était transformé. Elle avait les traits détendus, comme si la lourdeur qu'ils portaient depuis des années avait disparu. Où était passée la vieille mégère ? La femme bougonne et autoritaire, qui avait exigé mon renvoi au sous-sol de la maison. Celle-là même qui avait ouvertement, et de façon décomplexée, suggéré de m'éliminer ?

Quand elle me demanda, d'une voix sucrée, si je m'étais régalé avec mon petit-déjeuner, je faillis m'étrangler de stupeur. Que s'était-il passé ? Pendant la nuit, des aliens l'avaient peut-être kidnappée et lui avaient retourné le cerveau. Avait-elle fait, sans que personne ne le sache, l'objet d'une expérience secrète menée par un des laboratoires de la zone 51* ? Dernière possibilité, on l'avait ensorcelée dans son sommeil.

Quoi qu'il en soit, entre hier et aujourd'hui, quelque chose s'était produit.

— Tu as été très courageux hier soir.

C'était donc cela. Venant d'elle, cette révélation me troubla au plus haut point : ce n'était pas dans ses habitudes de faire des compliments.

— Rousquille te doit une fière chandelle.

---

* Zone 51 : base militaire américaine dite secrète, située dans le désert du Nevada, qui teste des appareils expérimentaux liés aux OVNI et aux extraterrestres.

Tout en parlant, elle gratifiait Rousquille, qui s'était rapprochée, d'une série de caresses appuyées. Je les regardais, incapable de prononcer le moindre miaulement. À la fois abasourdi et soulagé, j'ignorais lequel de ces sentiments dominait l'autre.

Un rayon de soleil s'étira par la fenêtre au-dessus de l'évier. Luttant à travers les persiennes, il se fraya un chemin jusqu'à moi et vint se déposer là, sur le bout de ma truffe. Il me sembla alors entendre la voix de ma mère, fière, résonner dans le lointain.

Un peu déboussolé, je regardais lentement les nuages se dissiper, un gracieux roulement les faisant avancer, poussés par un souffle de vent léger... Comme eux, mes ennuis s'évanouissaient.

L'instant d'après, des pas dégringolèrent dans les escaliers. C'étaient Caroline et Sam qui déboulaient.

— Mous ! s'exclamèrent-ils en me sautant au cou.

Rousquille jappait à s'en décrocher la mâchoire. Moi-même, j'étais fou de bonheur, je ronronnais dans leurs bras comme une grosse cylindrée.

Mamie Henriette, attendrie par nos retrouvailles, nous regardait, l'œil mauve.

— Au fait, Mamie, lui demanda soudain Samuel, tu disais vrai avec ton histoire d'allergie ? Maintenant que nous sommes tous réconciliés, tu peux nous l'avouer.

Elle sourit, un léger voile de culpabilité passa devant ses yeux embués, puis elle arbora une mine navrée d'enfant pris sur le fait.

— Ohhhhh, s'exclama Caroline, feignant d'être choquée.

Elle n'eut pas le temps de s'indigner plus avant : la sonnette retentit dans l'entrée. Rousquille, excitée par ces bruits répétés, aboya de plus belle.

— J'arrive, j'arrive, une minute ! lança Henriette à l'attention du visiteur empressé qui, visiblement, s'était endormi sur le bouton.

Les enfants la doublèrent rapidement, ouvrant la porte d'un geste impatient. M. et Mme Marchal se tenaient bien droits sur le perron, endimanchés comme un jour de fête. Ils affichaient un visage radieux.

— Bonjour, clama le couple.

Mme Marchal tenait dans ses mains une assiette pleine de beignets qui embaumaient la fleur d'oranger.

Les enfants les saluèrent en retour, les yeux rivés sur les pâtisseries.

Henriette les rejoignit.

— Comme promis, dit M. Marchal d'une voix charitable en l'apercevant, nous sommes venus prendre de vos nouvelles. Comment allez-vous, aujourd'hui ?

— Bien, je vous remercie. Excusez ma lenteur, je n'ai pas l'habitude de me déplacer ainsi, répondit-elle, en leur montrant les béquilles métalliques qu'elle tenait dans ses mains.

Hypnotisés, les enfants ne quittaient pas l'assiette des yeux. Mme Marchal, amusée, la leur offrit en même temps que son plus grand sourire :

— Nous vous apportons le petit-déjeuner.

Le frère et la sœur s'emparèrent aussitôt de l'assiette. Ils filèrent ensuite dans la cuisine. Ces beignets, tout dorés, avaient l'air diablement savoureux.

— C'est une bonne chose que vous soyez passés ce matin, cela m'évite de me déplacer pour vous parler.

Henriette enchaîna, les sourcils aussi pentus qu'un toit alsacien :

— Hier, votre chien a fait une peur bleue à Rousquille et Moustache. Il les a pourchassés jusqu'à la maison !

— Oui, nous avons appris ça de la part de...

— Peu importe, les coupa-t-elle, impatiente d'en arriver aux faits. Cette histoire aurait pu très mal finir.

Surpris du ton sévère qu'elle employait, M. et Mme Marchal marquèrent un temps d'arrêt, avant de se confondre en excuses :

— Nous sommes désolés, répondit Mme Marchal.

Cette dernière semblait sincèrement affligée.

— Nous ne savons pas ce qui lui a pris. Une terrible méprise, il va de soi. Jack les a certainement confondus avec des animaux errants, il y en a tellement ! Ils ont dû avoir la peur de leur vie.

— C'est peu dire, en effet, rétorqua Henriette d'un ton sec. S'il vous arrivait à nouveau de vous absenter, je vous prierais de vérifier que votre dogue soit bien attaché à un piquet. Quand on a un monstre pareil, il faut être en capacité de le maîtriser.

— Notre fils devait le surveiller, nous regrettons qu'il l'ait laissé vaquer en liberté. À partir d'aujourd'hui, nous y veillerons, c'est entendu, assurèrent-ils.

— Bien ! Voilà qui est réglé, n'en parlons plus, conclut Henriette d'une voix soudain plus détendue.

Elle esquissa un sourire :

— La bonne nouvelle, c'est que Rousquille et Moustache ont été obligés de s'entraider pour lui échapper. Cette aventure leur aura au moins permis de cesser de se disputer.

Roulés en boule sur le sofa, Rousquille et moi les écoutions d'une oreille distraite. Les ascenseurs émotionnels de ces deux derniers jours nous avaient épuisés.

Voyant que M. et Mme Marchal restaient plantés là, Henriette se sentit un peu forcée de leur proposer d'entrer, espérant secrètement qu'ils refuseraient.

— Je peux vous offrir un thé ou un café ?

— Avec grand plaisir ! répondirent en chœur ces derniers.

« Raté ! » pensai-je, amusé.

Et quand elle leur livra passage, je vis qu'elle souriait à regret. Ils s'installèrent dans la cuisine pour bavarder. Caroline et Samuel, le ventre plein, filèrent dans le jardin. Quant à Rousquille, elle ronflait déjà, allongée à côté de moi. Je sombrai sans demander mon reste.

Plus tard, un craquement soudain troubla ma sieste. J'entrouvris un œil, interceptant l'image curieuse de M. Marchal qui descendait, à pas de loup, les marches de l'escalier. Sa physionomie imposante avait fait grincer l'escalier en bois. Cela sembla l'inquiéter, il paraissait gêné. De mon côté, je l'attribuai au fait qu'il ne s'était pas déchaussé pour monter, chose formellement interdite par les Malloré. Dans cette maison, il y avait quand même quelques règles à respecter !

Tout en essayant de me rendormir, je m'interrogeais. Qu'est-ce que M. Marchal pouvait bien faire à l'étage ? Il y avait des toilettes dans le couloir de l'entrée. À ma connaissance, elles fonctionnaient parfaitement bien. Pour quelle raison était-il monté ? Et pourquoi cette démarche empruntée ?

Luttant inutilement, mon esprit s'engourdit à nouveau. La minute d'après, je replongeai. Quand je me réveillai un peu plus tard, la maison était déserte. Plus aucun blouson ne pendait dans l'entrée. Mamie Henriette et les enfants avaient dû partir se promener. Je jetai un bref coup d'œil de côté. Rousquille, elle aussi, avait disparu. Je m'étirai de tout mon long, savourant ce silence parfait, puis me levai et grignotai les quelques croquettes qu'il me restait.

J'eus ensuite envie de faire un tour dans le quartier. Peut-être les croiserais-je sur le chemin ?

Le museau de Gros Jack me revint en mémoire. Non, il n'oserait plus m'attaquer. Avec la scène qui s'était déroulée la veille, doublée de l'intervention musclée d'Henriette, j'étais certain d'avoir gagné l'immunité.

31.

Mme Frenelle et Mme Bienfait

Insouciant et heureux, je me promenais d'un pas léger, savourant l'air frais qui me piquait le bout du nez. Les hirondelles se rassemblaient comme si elles avaient rendez-vous. Elles étaient alignées, accrochées aux câbles électriques qui s'étiraient entre les pylônes, piaillaient gaiement en attendant le signal du départ qui les mènerait vers d'autres horizons. D'en bas, je les observais. Elles me narguaient. Ce regroupement sonnait en effet la fin de mes joyeuses parties de chasse.

Qu'importe ! J'étais d'humeur enjouée.

« On se revoit au printemps » fis-je en les saluant d'un claquement de crocs.

Quelqu'un sifflotait non loin. Je tournai la tête et aperçus Mme Frenelle qui étendait son linge. Cette vieille dame habitait sur l'allée du Bois, à une centaine de mètres de la maison des Marchal. Il ne faisait pas bien chaud, mais

Mme Frenelle mettait un point d'honneur à faire sécher son linge à l'extérieur, quel que soit le temps. Elle n'avait jamais eu de sèche-linge. Elle disait qu'une machine inventée à cet effet n'était pas un luxe, mais une formidable idiotie. L'air extérieur était bien suffisant, en plus d'être gratuit.

Il suffisait donc à notre voisine d'observer la clarté du ciel, au soleil couchant, pour savoir s'il convenait ou non d'enclencher un programme de lavage. Mme Frenelle était le baromètre du quartier. Elle pouvait prédire la veille s'il allait geler ou pleuvoir le lendemain, et estimer combien de temps les draps mettraient à sécher, rien qu'en observant le vent qui soufflait. Et vous savez quoi ? Elle ne se trompait jamais. Elle était une des dernières à connaître les remèdes de nos grands-mères. Elle savait guérir la plupart des maux : les démangeaisons, les allergies fréquentes ainsi qu'une majeure partie des éruptions cutanées. Elle pouvait calmer les brûlures, même sévères. Et faire disparaître de grosses verrues sans la moindre peine. De sa vie, Mme Frenelle n'avait jamais possédé plus que le nécessaire. Les habitants du village la sollicitaient pour lui demander conseil, et elle ne leur réclamait jamais de contrepartie. Elle mangeait sain, faisait sa propre tisane et ne buvait pas une goutte d'alcool – contrairement à Mme Galvado qui, elle, en buvait pour cinq.

Mike arriva soudain dans ma direction, l'air préoccupé. Franchissant le chemin de traverse en maugréant, il traversa le jardin de la famille Bienfait en pestant et, parvenu à ma hauteur, il continua de rouspéter :

— Ce bébé ne fait que hurler, c'est insupportable !

Il était d'une humeur exécrable.

M. et Mme Bienfait, les voisins d'à côté, venaient tout juste d'avoir leur premier enfant. Malheureusement, ce dernier avait des coliques particulièrement douloureuses. Mme Frenelle fit un geste de la main en direction du pavillon des Bienfait. La propriétaire, fatiguée, se tenait sur le palier avec dans ses bras un bébé qui gesticulait, geignant tant qu'il pouvait. D'impressionnants cernes violets creusaient le visage de sa mère, épuisée, et le journal du jour, qui avait été distribué tôt dans la matinée, attendait depuis des heures sur le paillasson que quelqu'un daigne le ramasser. Nous les regardâmes tour à tour.

— Que se passe-t-il, demanda Mme Frenelle, d'une voix inquiète. Le bébé est encore malade ?

— Je ne sais pas, répondit sa mère d'une voix lasse.

Mme Bienfait paraissait au bout du rouleau.

— Je crois que Maxou digère mal son lait. Il se tortille dans tous les sens après chaque tétée. Cette nuit, il n'a pas fermé l'œil plus de deux heures d'affilée.

Mike fit une grimace qui en disait long. Les cris des bébés lui rappelaient les sirènes des véhicules de la fourrière, leur tonalité stridente l'avait toujours révulsé.

Pourtant, à le regarder s'agiter ainsi, il me semblait que quelque chose de plus grave le chiffonnait.

— Venez donc prendre un thé, je vais voir ce que je peux faire pour votre petit bonhomme. Je dois bien avoir quelque chose. Un peu de camomille, suggéra-t-elle à voix haute, en observant le bébé se tortiller comme un ver de terre. Oui, il faudrait quelques feuilles pour le calmer... et peut-être aussi de la mélisse pour adoucir le tout.

— Je suis à court d'idées, avoua sa voisine en traversant la rue, la savate traînante. Avec mon mari, nous avons tout essayé, mais rien n'y fait.

Au moment même où son chausson se posait sur le trottoir d'en face, Gros Jack déboula au coin de la rue.

— Oh non, soufflai-je. Regarde, Mike. Là-bas !

Il tourna le museau. Son œil vitreux croisa immédiatement ceux du dogue argentin, qui se plissèrent.

— Mince, il nous a vus aussi. Si on se tire maintenant, il va nous prendre pour des mauviettes !

Il marqua une pause.

— D'un autre côté... si on reste, ça risque à nouveau de dégénérer.

— Il n'osera pas, affirmai-je. Henriette a été très claire.

— Ouais.

Tout à coup, je vis les poils de Mike qui se chargeaient d'électricité.

— Sauf qu'il n'est pas avec les Marchal, me fit-il observer.

C'est alors que j'aperçus un type grand comme une asperge faire son apparition derrière Gros Jack.

C'était Hector, le terrible fils de M. et Mme Marchal.

32.

Hector

Malgré la faible luminosité de ce jour d'octobre, Hector portait des lunettes de soleil. Le col de son blouson en cuir était relevé, négligemment zippé. Il avait le visage blafard, aussi pâle que celui d'un revenant. Ses cheveux fins, mi-longs, plus gras qu'un canard avant les fêtes, étaient gominés en arrière. Vu d'ici, Hector devait avoisiner la quarantaine. Mais sa dégaine d'adolescent attardé militait tout au plus pour la vingtaine.

Quand le dogue nous aperçut, il se mit méchamment à grogner dans notre direction. Apparemment, son désir de nous mettre en pièces n'avait fait qu'augmenter depuis la veille. Hector baissa la tête pour l'observer : son chien commençait à baver. Cherchant la raison de cette réaction, il jeta un rapide coup d'œil dans la rue et, subitement, son regard s'arrêta sur nous. Il comprit.

— Tu as trouvé des amis, Jack ? lui demanda-t-il en flattant l'encolure de son chien, que le geste fit grogner de plus belle.

Sa voix sifflante comme un serpent se fraya un chemin jusqu'à nous. Je frissonnai. Il nous toisait à travers le verre teinté de ses lunettes.

Soudain, un vilain rictus anima sa bouche. Elle se tordit sinistrement, donnant à son visage spectral une allure encore plus morbide.

— Je me demande lequel des deux est le plus terrifiant, fis-je à Mike en chuchotant.

Contrairement à ses parents, Hector n'utilisait pas de laisse pour retenir Jack. Il n'en avait pas besoin : Gros Jack lui obéissait au doigt et à l'œil. Il lui suffisait d'un seul geste pour le calmer ou, au contraire, déclencher sa fureur. Le cerveau du molosse, creux comme un radis, obéissait sans réfléchir.

Hector l'avait dressé ainsi.

— Savourons notre promenade, veux-tu ? suggéra sournoisement Hector en tirant un peigne de sa poche.

D'un seul regard, il intima à son chien l'ordre de marcher au pas. Aussitôt, l'arrière-train du dogue se souleva et tous deux s'approchèrent d'un pas tranquille, l'air de rien, pendant qu'Hector se lissait calmement la crinière.

— Mike, lui soufflai-je, tu as raison. Déguerpissons avant que la situation ne dégénère pour de bon.

J'étais prêt à détaler quand je me retournai :

— Qu'est-ce que tu trafiques ?

Ce dernier ne bougeait pas. Pire : il les défiait.

— Ça suffit ! J'en ai plus qu'assez de m'écraser devant lui.

— Quoi, m'exclamai-je, affolé. Et ça te prend comme ça ?

Mike avait longtemps vécu dans la rue. Seul, il s'était battu contre des centaines d'animaux, tous plus sauvages les uns que les autres. Des rats, des chats, des chiens, des ragondins, et même des loutres. Malgré cela, il avait survécu. Les cicatrices qui émaillaient son pelage en étaient le témoignage.

Certes, Mike n'était pas le plus costaud. Ni le plus rapide. Ni le plus malin non plus, soyons honnêtes. Mais c'était de loin le plus vaillant de tous les chats que j'avais côtoyés. Et, aujourd'hui, il avait décrété que cela suffisait. Que Gros Jack et son maître ne feraient plus la loi dans le quartier.

Les poils hérissés, il se mit à feuler dans leur direction.

— Qu'avons-nous là, Jack ? balança Hector d'un ton railleur. On dirait bien que cette boule de poils nous provoque. T'as vu sa tête ? se moqua-t-il en désignant de l'index l'œil mort qui le provoquait. On dirait qu'on nous a déjà mâché le travail.

À un rythme constant, ils continuaient d'avancer lentement. Quand ils ne furent plus qu'à quelques mètres de nous, Hector changea tout à coup le ton de sa voix, qui devint plus glaciale qu'un blizzard :

— Je déteste les chats, déclara-t-il.

Avant de se reprendre :

— Non, je hais les chats, précisa-t-il.

Il leva le menton.

— Des parasites, voilà c'que vous êtes. Toujours à vous prélasser, à ronfler, à quémander. Dites-moi un peu, à quoi vous servez ?

Il stoppa sa marche un instant pour extraire un paquet de cigarettes de sa poche.

— À rien ! claqua-t-il, en ayant l'air de savourer la longue bouffée de fumée qu'il venait d'avaler.

Gros Jack, immobile à ses pieds, ne nous lâchait pas des yeux.

— Tu vas pouvoir t'faire plaisir, Jack, dit Hector en expirant la fumée de sa cigarette. Aujourd'hui, c'est ton jour de chance : tu as deux bons casse-croûtes à t'mettre sous la dent !

À ces mots, l'autre trépigna d'impatience.

Hector était sur le point de lui ordonner d'attaquer quand, soudain, Mme Bienfait ressortit de chez sa voisine, l'air réjoui. Hector retint de justesse son injonction. Surprise d'apercevoir le fils des Marchal, planté sur le trottoir devant chez elle, Mme Frenelle l'interpella aussitôt, d'une voix faussement enjouée :

— Tiens, bonjour Monsieur Hector, lui fit-elle. Comment allez-vous ? Cela faisait longtemps que l'on ne vous avait pas croisé dans le quartier.

— Mmmm, bonjour, maugréa-t-il.

— Tout va bien, vous êtes venu voir vos parents ? Vous leur passerez le bonjour de ma part.

Hector acquiesça rapidement, avant de faire volte-face, jugeant le moment inopportun pour un règlement de comptes. Difficile en effet de maquiller un double meurtre sous les yeux de deux témoins et d'un nourrisson.

Il rappela son chien d'un sifflement bref, puis jeta d'un geste sec sa cigarette dans le caniveau. Narines fumantes, Gros Jack fit demi-tour sans opposer une quelconque résistance.

— Curieux ce garçon, vous ne trouvez pas ? demanda Madame Frenelle à sa voisine qui le regardait distraitement s'éloigner.

— Ma foi, tout le monde me semble bizarre en ce moment. Je dors si peu que je suis complètement à côté de mes chaussures. Je perds tout : mes clés de voiture, mes papiers, je n'arrive même plus à remettre la main sur la bague que m'avait offerte ma grand-mère. Je la range pourtant dans le même coffret depuis des années, c'est vous dire !

— Courage, la consola Mme Frenelle, c'est une mauvaise période à passer.

Elle lui adressa un sourire compatissant.

— Merci pour tout, répondit-elle.

Nous les vîmes chacune regagner leur domicile.

Lorsque j'arrivai chez moi, mon cœur tambourinait encore à une vitesse folle sous mes côtes. De son côté, Mike n'avait pas l'air particulièrement secoué.

Pris d'un accès de colère subit, je me déchargeai sur lui :

— T'es dingue ou quoi, qu'est-ce qui t'a pris de faire ça ? T'as failli nous faire tuer.

— T'es toujours là que je sache.

Je soufflai, excédé, avant de l'entendre me confier :

— Je crois que je suis à bout. Jojoko n'a toujours pas retrouvé sa boîte, elle va de plus en plus mal. Ça me rend fou de la voir comme ça.

Même si je comprenais, je lui en voulais de nous avoir ainsi mis en danger et redoutai tout à coup notre prochaine sortie dans le quartier. Il n'y avait aucun moyen d'échapper à Gros Jack.

Et aujourd'hui, grâce à Mike, nous étions officiellement devenus ses bêtes noires.

33.

Un terrible drame

La fin de la semaine avançait à grands pas. Nous étions jeudi. La veille, Franck et Annie avaient téléphoné : ils rentreraient le lendemain en fin de journée. L'aube se levait à peine sur Belleville. La fragile lumière peinait à percer, étouffée par un ciel de plomb. La maison était calme, tout était silencieux.

Un horrible hurlement retentit soudain, rompant ainsi la promesse d'un réveil paisible. Samuel se redressa dans son lit, droit comme un i. Je sursautai également et, dans la panique, dégringolai au sol, incapable du moindre réflexe. J'eus à peine le temps d'apercevoir Samuel qui, alarmé, s'engouffrait déjà dans les escaliers.

Je me relevai et, d'un bond, le suivis.

Quand il parvint au salon, je le vis s'arrêter pour tendre l'oreille. La voix qui venait de nous transpercer les tympans était à présent en train de sangloter. Elle semblait provenir de l'étage. Rapide comme l'éclair, il reprit son ascension avant de se retrouver nez à nez avec Caroline, l'instant d'après.

Figée par l'angoisse, elle attendait sans bouger en haut des escaliers.

— Que se passe-t-il ? lui demanda-t-il à voix basse.

Du regard, elle désigna la chambre au fond du couloir.

— C'est Mamie, je crois.

Samuel s'avança alors avec prudence vers la chambre du fond. Quand il poussa la porte, il découvrit Henriette en train de pleurer à chaudes larmes, les coudes appuyés sur la commode. Tête enfouie dans les mains, elle était secouée par de violents sanglots et tremblait de chagrin.

Je m'approchai sans faire de bruit. Je la dévisageais, inquiet. Jamais je ne l'avais vue dans un état aussi pitoyable. Je regardais ses épaules qui tressautaient, elle semblait dévastée.

— Mamie, s'enquit doucement Samuel, tu vas bien ?

Rousquille émettait de petits gémissements plaintifs à ses pieds.

— Pourquoi tu pleures ?

— Mon Dieu, les enfants, sanglotait-elle, c'est horrible.

— Qu'est-ce qu'il y a ?

Elle souleva la tête, ses yeux rougis les regardèrent :

— Nous avons été cambriolés.

Dégageant sa tête, craintivement dissimulée dans le dos de son frère, Caroline s'écria :

— Quoi ? fit-elle en étirant son cou.

— Comment ça, nous avons été cambriolés ? répéta Samuel, incrédule.

— Mes bijoux ont disparu, déclara Henriette d'une voix blanche.

— Tes bijoux, quels bijoux ?

— Ceux que Papy m'avait offerts, répondit-elle. Je les range toujours dans mon sac bleu.

Le bazar qui régnait sur la commode indiquait qu'elle avait méthodiquement fouillé ce dernier.

— Ils n'y sont plus.

C'était impensable, comment un tel drame avait-il pu se produire ?

— Tu es sûre de ne pas les avoir déplacés ?

Elle secoua la tête, et ses sanglots redoublèrent.

— Cela représente beaucoup d'argent ? demanda Caroline.

Cette réflexion terre-à-terre était évidemment la première qui lui était venue à l'esprit, le pragmatisme de la petite fille ne me surprit qu'à moitié.

— Ah ça, répondit-elle, celui qui m'a dérobé ces bijoux va pouvoir gagner une coquette somme, ce n'est pas un maigre butin.

Impuissants à dire quoi que ce soit de rassurant, Sam et Caroline se collèrent à leur grand-mère avec tendresse. Les mains maladroites d'Henriette les agrippèrent, et je la vis les serrer fort contre elle en tremblant.

— Mais ce n'est pas l'argent qui m'inquiète. Ces bijoux ont une immense valeur sentimentale pour moi. Oh, mon Dieu... Je n'arrive pas à y croire !

Elle vacilla un instant, avant de se reprendre. Son chagrin était si profond que Samuel eut peur qu'elle ne fasse un malaise. Il la pria de s'asseoir sur le rebord du lit, ce qu'elle fit.

— Papy et moi avions très peu d'argent à l'époque. Nous n'avions plus de famille, plus de frères, de sœurs ni de parents, la guerre les avait tous emportés. Très tôt, nous avons été obligés de travailler. C'est d'ailleurs dans cette entreprise de scierie que nous nous sommes rencontrés.

Samuel et Caroline l'écoutaient avec la plus grande attention.

— Il y était entré en tant que simple technicien. Moi, je m'occupais d'une partie de la comptabilité de l'entreprise. Nous sommes tombés amoureux au premier regard.

Au souvenir de cette rencontre, elle sourit.

— C'était fou, se rappela-t-elle. Ces sentiments-là n'arrivent qu'une fois dans une vie.

C'était la première fois que leur grand-mère se livrait aussi intimement. Samuel plongea alors une main dans la poche de son pyjama et en sortit un papier de petit format. C'était la photographie que j'avais volée.

Il la lui tendit, l'air désolé.

— Moustache avait emporté ce cliché quand il est venu fouiller. J'avais complètement oublié de te le rendre, Mamie, pardon.

Elle prit le cliché d'une main tremblante et posa un regard ému sur la photo.

— Jean..., dit-elle en regardant l'homme qui lui souriait.

Elle passa un doigt sur le morceau de papier, caressant le visage de celui que la mort lui avait enlevé.

— Je l'aimais tellement, si vous saviez. Cet amour nous a transformés. Nous nous étions trouvés, nous n'avions besoin de rien de plus pour être heureux.

Une lueur chaude fit briller ses yeux, atténuant un peu sa tristesse :

— Pendant des années, nous avons vécu un bonheur parfait. Jamais je n'aurais pensé qu'il pourrait être plus grand.

Elle déplaça son regard vers le nourrisson.

— Je me trompais, dit-elle en souriant, l'air soudain à nouveau absent. Le jour où votre mère est venue au monde, un véritable sentiment de plénitude nous a envahis. Votre grand-père et moi étions fous de joie.

Sa voix, soudain plus gaie, avait changé :

— Le jour de la naissance d'Annie, Papy dépensa toutes nos économies. Il entra dans une bijouterie et acheta la plus belle parure de bijoux de la boutique ! Il choisit trois pièces uniques : un collier, une bague et un bracelet en or blanc, tous trois sertis de diamants.

Caroline sortit un mouchoir et le tendit à sa grand-mère.

— Le soir même où je suis rentrée de la maternité, il me les offrit.

Elle se moucha bruyamment, puis s'essuya maladroitement le bout du nez.

— Il était tellement heureux, poursuivit-elle. Il disait que ces bijoux, c'était le symbole de notre amour. Il m'avait fait jurer de les garder et de les donner un jour à Annie. Et je voulais le faire, je vous le jure. Simplement, je ne savais pas comment m'y prendre. Chaque fois que je venais ici, je les emportais avec moi, dans l'espoir d'en avoir le courage. Mais ressasser tous ces souvenirs me paraissait à chaque fois insurmontable. Alors, je me taisais.

Elle inspira longuement. La suite semblait encore plus difficile à révéler, elle se força pourtant à continuer :

— Quelques jours après, leur confia-t-elle, sa voiture quitta la route dans un virage...

Elle secoua la tête avant de s'effondrer à nouveau.

— Il rentrait simplement du travail, se lamenta-t-elle. Il avait fait le chemin tellement de fois, il connaissait la route par cœur !

Samuel et Caroline échangèrent un regard ému.

— Alors, cette parure, vous comprenez, c'était son dernier témoignage d'amour pour nous. Elle représentait le souvenir le plus fou que j'avais de lui, acheva-t-elle d'une voix triste, teintée de nostalgie.

34.

Un éclair de génie

Samuel tenta de la rassurer comme il pouvait :

— On va les retrouver, Mamie, je te le promets, déclara-t-il.

En entendant la voix de son petit-fils, Henriette sembla soudain sortir de son inertie. Elle ferma les yeux, inspira lentement, réprimant de nouvelles larmes qui affluaient, puis souffla un grand coup. Bien que son émotion fût palpable, Henriette fit l'effort de ravaler son chagrin. Se lamenter ainsi ne servait à rien.

Je l'observais dévisager ses petits-enfants. Elle parut troublée, comme si elle les regardait pour la première fois.

— Oooh, lâcha-t-elle, alors qu'une nouvelle vague d'émotion la submergeait. Je suis tellement désolée, j'ai été si dure avec vous.

Caroline et Samuel fondirent alors aussitôt dans ses bras. Henriette, de son côté, les serrait si fort qu'ils faillirent manquer d'air. Devant cet élan de tendresse inédit, ils retinrent leur respiration du mieux qu'ils purent, n'osant pas la repousser.

Quelques secondes après, Caroline sentit sur sa joue la peau molle de sa grand-mère se décoller. Le cou de Samuel, lui, lorsqu'il se recula, embaumait l'eau de Cologne dont elle s'était aspergée.

Elle les informa alors de ce qu'elle comptait faire :

— Les enfants, je vais devoir vous laisser seuls un moment. Je dois déposer plainte à la gendarmerie au plus vite, je ne veux pas perdre la moindre chance de retrouver la trace des cambrioleurs. Plus tôt les autorités seront prévenues, plus tôt elles pourront agir. C'est ce que j'espère en tout cas.

D'un hochement de tête, les enfants approuvèrent sa décision.

— Tu as raison : ils sont peut-être encore dans les parages.

Les enfants se prépareraient seuls pour aller à l'école pendant que leur grand-mère rassemblerait ses affaires.

Tandis que je redescendais, je me fis la remarque que, finalement, aucun de nous ne connaissait vraiment Henriette. Je comprenais mieux à présent pourquoi Annie se montrait si indulgente avec elle. Elle seule savait véritablement ce que sa mère avait enduré. Un instant, je me mis à la place d'Annie. Prendre la décision de quitter Henriette pour aller vivre avec Franck avait dû la plonger dans un sentiment de culpabilité épouvantable. Une fois de plus, ce satané Franck avait séparé deux êtres qui s'aimaient. Je pestai. Un réflexe qui devenait de plus en plus habituel dès que son image me venait.

Une demi-heure plus tard, nous entendîmes la porte claquer. Un silence écrasant vint s'abattre dans la maison. Caroline et Sam réfléchissaient, tout en finissant de se préparer. Le frère, notamment, avait l'air particulièrement préoccupé :

— Je ne comprends pas, il y avait toujours quelqu'un dans la maison, s'étonna Samuel comme il pensait à haute voix. C'est impossible que nous n'ayons rien vu !

Il secouait la tête, sceptique.

— Quelque chose s'est forcément passé sous nos yeux. Tu es sûre, toi, de n'avoir rien remarqué ?

— Ben non, triple buse, lui balança sa sœur.

Question absurde, pensait-elle.

— Tu te doutes bien que si j'avais vu un inconnu entrer dans la maison, j'aurais dit quelque chose !

Samuel souffla, exaspéré par le ton désabusé qu'elle avait employé quand, soudain, une lueur de génie lui traversa l'esprit.

Il s'exclama :

— T'es un petit génie, toi !

— Ah bon, répondit-elle d'un air flatté, bien qu'ignorant pourquoi.

— Tu as raison, celui qui a fait le coup n'est pas un inconnu ! déclara-t-il fièrement.

Tout à coup, les pièces du puzzle s'assemblèrent comme par magie dans mon esprit. Mais bien sûr, c'était M. Marchal le coupable ! Il était monté pour voler les bijoux, et voilà pourquoi il paraissait tellement embêté d'avoir fait craquer des marches de l'escalier. Tout s'expliquait.

— Réfléchissons, l'infirmière, peut-être, proposa Samuel. Ou le docteur quand il est passé l'ausculter ?

Je secouai le museau, il partait sur une mauvaise piste. Samuel n'avait percé qu'une partie du mystère, je devais l'aider à trouver la véritable identité du voleur. J'exposai ma théorie à Rousquille, qui ouvrit grand ses yeux globuleux avant de me demander :

— Tu es vraiment sûr de toi ? Ils ont l'air si charmants.

— C'est justement pour ça !

Elle marqua une pause.

— Comment comptes-tu l'expliquer aux enfants ?

Je me rembrunis un instant.

— J'ai une idée.

La seconde d'après, comme si une guêpe m'avait piqué, je me mis à miauler furieusement. On aurait dit que j'avais avalé un bocal de piments en entier. Je me frottai aux chevilles des enfants, m'y enroulant nerveusement, puis filai vers la porte en leur désignant l'extérieur, d'une patte plus qu'éloquente. Ce petit manège dura quelques minutes, durant lesquelles ils ne saisirent pas.

Dans cette famille, ils avaient la jugeote parfois un peu lente.

— Mais qu'est-ce qu'il y a, Moustache, à la fin ? lança Caroline d'un air excédé. Tu crois vraiment que c'est le moment de faire le pitre.

Voyant que je peinais à me faire comprendre, Rousquille se joignit à moi. Elle aboya frénétiquement et m'imita en faisant des allers-retours du salon à la porte d'entrée.

— Attends un peu, Caro, l'interpela son frère. On dirait qu'ils essayent de nous dire quelque chose.

— Ouais, qu'ils veulent sortir.

— Tout juste, c'est ça, ils veulent sortir !

— C'est ce que je disais, rétorqua-t-elle, d'un ton agacé.

— Toi, t'es vraiment trop maligne, sourit-il.

Samuel attrapa leurs blousons d'une main, jeta à sa sœur le sien en ouvrant la porte d'entrée.

— Si toi tu n'as rien vu, j'ai l'impression que Moustache et Rousquille ont quelque chose à nous dire.

Aussitôt, je m'engouffrai vers la sortie. J'entendis Rousquille glapir comme une folle derrière moi, et vérifiai d'un bref coup d'œil que les enfants nous collaient au train. Filant à toute vitesse à l'angle de la rue, je bifurquai pour rejoindre mon objectif. Direction : l'allée du Bois. C'était là que nous devions nous rendre. Tous les événements passés nous y ramenaient. Je fonçais aussi vite que je pouvais.

— Attends-nous !

Je ne ralentis qu'une fois parvenu à une cinquantaine de mètres à peine de la maison des Marchal. Samuel et Caroline me rejoignirent quelques secondes plus tard : ils avaient le souffle court et le visage rose d'avoir couru si vite.

Mains posées sur les genoux, ils étaient en train de reprendre leur respiration quand, soudain, Samuel comprit enfin pourquoi nous étions ici.

— Les Marchal, mais bien sûr !

Il tourna vivement la tête vers moi :

— Tu as raison, Moustache ! Avec tous leurs gâteaux et leurs petits sourires polis, ce sont probablement eux, les responsables des cambriolages.

Ils levèrent la tête en direction d'une grande maison blanche et grise. Entretenue, bien entendu, à la perfection.

— Qui oserait soupçonner ces voisins modèles, ou leur claquer la porte au nez ?

— Ça alors, souffla Caroline, sidérée.

— Et leur sinistre fils, qui ne vient que de temps en temps. C'est évident ! Il passe pour récupérer le butin et repartir avec.

— Purée, ça alors, répéta Caroline qui n'en revenait toujours pas.

Une voix rauque retentit subitement dans notre dos :

— Bien vu, les p'tits morveux.

Nous nous retournâmes tous les quatre comme une seule et même personne. Le soleil nous éblouissait, mais nous reconnûmes la silhouette menaçante d'Hector qui se dressait devant nous. Il fit un pas de plus en avant, plaçant son crâne luisant de gomina entre nous et les rayons de soleil qui nous brûlaient les yeux. À sa tête, nous comprîmes qu'il n'était pas content du tout.

— Fini d'jouer les détectives. Les choses sérieuses vont enfin pouvoir commencer.

35.

Pris au piège

Hector nous regardait effrontément. Il ricanait, nous dominant de toute sa hauteur, avec l'assurance de celui qui détient la meilleure main. Et ce n'était pas une expression : il tenait une arme dans la sienne, cachée sous un pan de sa veste. En outre, le mauvais joueur n'avait pas l'air de bluffer du tout.

Hector siffla brièvement. Derrière lui, nous entendîmes se rapprocher des grognements.

— Pas de bêtises, nous menaça-t-il. Je vous conseille de m'obéir bien sagement.

Les genoux des enfants claquaient de peur, Rousquille et moi n'en menions pas large non plus.

— Demi-tour, grogna-t-il d'un ton ferme. Entrez dans la maison !

Personne n'osait bouger.

— Tout de suite !

Nous sursautâmes de peur. Nous nous retournâmes et, obéissants, avançâmes en silence jusqu'au perron. Gros Jack fermait la marche, babines ruisselantes d'impatience.

Sam marqua un temps d'arrêt. Il savait que, si nous entrions dans la maison, nous étions fichus.

— Baisse la poignée, Minus, commanda l'autre.

Samuel resta figé une seconde sans faire de geste.

— Qu'est-ce que t'attends ? vociféra Hector entre ses dents.

« Ben oui, pensais-je, qu'est-ce que t'attends ? Allez, mon grand, tente quelque chose ! »

Hector avait les mâchoires crispées de colère : il ne supportait pas qu'on lui résiste. D'un geste brutal, il poussa alors lui-même la poignée et nous projeta tous les quatre en avant. Il fit cela avec une telle violence que nous tombâmes directement à plat ventre sur le tapis de l'entrée. Il referma ensuite la porte derrière nous, l'air satisfait. Nous étions prisonniers.

— Alors, les p'tits morveux, on joue les inspecteurs ? balança-t-il d'un ton sarcastique. Félicitations, vous avez tapé dans le mille. Eh oui, c'est bien moi le méchant !

Caroline et Samuel osaient à peine bouger : son sourire mauvais les paralysait.

Alertés par le raffut, M. et Mme Marchal accoururent dans l'entrée. Quand ils nous découvrirent là, à quelques mètres d'eux, misérablement couchés ventre à terre, Mme Marchal plaqua une main sur sa bouche.

Le visage de son mari se décomposa aussitôt :

— Mais enfin, Hector, que se passe-t-il ? balbutia M. Marchal en avançant vers lui, bousculant par mégarde son épouse qui l'entravait, tétanisée. Pourquoi ces enfants sont-ils chez nous ?

— Ils ont tout compris, P'pa, leur répondit Hector froidement. Je ne pouvais pas les laisser partir sans rien faire.

Mme Marchal jeta un regard affolé à son mari, qui paraissait tout aussi paniqué.

— Mon chéri, dit Mme Marchal avec prudence, est-ce que tu te rends compte de ce que tu es en train de faire ?

Il haussa les épaules, l'air passablement indifférent.

Mme Marchal répéta, articulant lentement chacune des syllabes qu'elle prononçait :

— Mon chéri, as-tu la moindre idée de ce que tu fais ?

Tout à coup, Hector leva furieusement la voix et s'emporta, soudain dépassé par les événements que sa mère l'obligeait à assumer :

— Non, M'man, j'en sais fichtre rien ! hurla-t-il. Mais il faut à tout prix les empêcher d'parler. Et c'est exactement ce que je fais, à moins que t'aies une meilleure idée !

Mme Marchal s'abstint de commenter, choquée d'être ainsi rabrouée par son propre fils. Hector tenta de se calmer :

— Nous ne pouvons plus rester dans le quartier, c'est trop risqué. Il va falloir faire nos valises et quitter la ville au plus vite.

Le ton qu'employait Hector n'admettait aucune objection.

Ses parents, pourtant, le supplièrent :

— Mais où veux-tu qu'on aille ? lui opposa son père. Ta mère et moi avons toujours habité dans cette maison. Toi-même, tu y as grandi. Comment veux-tu qu'on déménage comme ça, du jour au lendemain ? Les voisins ne comprendraient pas !

Le vieil homme semblait effondré.

— On n'a pas d'autre choix, rétorqua Hector, de plus en plus agacé par les jérémiades de ses parents. Ces sales teignes sont au courant et, bientôt, c'est tout le quartier qui saura c'que nous trafiquons depuis des mois !

Il soupira, puis exposa à nouveau la situation tout en essayant de ne pas s'énerver, sans véritable succès : au fond de lui, il bouillait de nervosité.

— C'est terminé, conclut-il avec un aplomb distancié. On n'a plus rien à faire ici. En attendant de pouvoir nous retourner, on va les enfermer dans la cave. Tous les quatre.

Il regarda son chien.

— Jack montera la garde, hein mon brave ? fit-il en flattant le crâne rond du dogue assis à ses pieds. Cela devrait nous laisser le temps d'faire nos valises et d'nous enfuir.

Mme Marchal enfouit alors son visage dans ses mains.

— Mon Dieu, Hector, dans quoi nous as-tu embarqués, déplora-t-elle, d'une petite petite voix éraillée.

— Oh ça va, M'man, pas la peine de t'mettre à pleurer. Dis-toi que ça fait partie des dommages collatéraux !

— Tu nous avais dit que c'était sans risque, répliqua son père, prenant le relais, qu'on ne suspecterait jamais un couple de personnes âgées. Que tout le monde nous connaissait à Belleville, que nous étions à l'abri de tout soupçon.

— Ben, j'me suis trompé, répondit crânement Hector en haussant les épaules. Et puis quoi, ça t'est jamais arrivé ?

Il ouvrit une main résignée :

— Maintenant, on n'a plus le choix : faut s'tirer ! Avec tout l'magot qu'on a amassé, on a largement de quoi quitter le pays, recommencer notre vie ailleurs sans être inquiétés. Vous me croirez peut-être pas, mais on s'est fait un beau petit pactole en quelques mois, les informa-t-il, le torse gonflé d'orgueil.

Son euphorie fut de courte durée. Hector se rappela en effet qu'il avait encore du pain sur la planche avant de mener la vie dont il rêvait.

Il leva le canon de son arme, la pointant avec une raideur de glace vers Caroline et Samuel.

— En attendant, vous deux, vous descendez à la cave. Et prenez vos parasites avez vous. Inutile d'espérer alerter qui que ce soit.

Il sourit d'un air mauvais.

— La cave est insonorisée… Vous aurez beau crier, personne ne vous entendra, sauf bien sûr quelques écureuils dans la forêt. Levez-vous, bande de fainéants !

Mais ni Samuel ni Caroline n'osaient bouger.

— Allez ! les brusqua-t-il en mimant un soudain coup de pied.

Apeurés, les enfants se redressèrent immédiatement. Ils tenaient toutefois difficilement debout. Leurs jambes flageolaient. Deux flans à la vanille n'auraient pas mieux soutenu leurs corps qui chancelaient de la tête aux pieds. Je vis Caroline passer une main sur son estomac que la peur avait rendu dur comme la pierre. Hector leur désigna la porte qui se trouvait derrière eux d'un mouvement de tête.

— Par là. Et plus vite que ça !

Elle menait aux escaliers de la cave.

Je vis Samuel attraper la main de sa sœur pour la rassurer, et ce geste fit chavirer mon cœur. S'efforçant d'adopter une expression confiante, il adressa à Caroline un petit sourire. Cependant, de là où je me trouvais, on aurait plutôt dit une vilaine grimace de clown. Je me fis la réflexion que je ne regardais probablement pas du bon angle. Sinon, elle aurait eu toutes les raisons de paniquer pour de bon.

Dans un ultime sursaut de bravoure, Samuel se retourna et planta son regard dans celui d'Hector :

— Vous ne vous en sortirez pas, lui lança-t-il, en soutenant courageusement le regard du fils Marchal. Où que vous alliez, les policiers vous retrouveront !

Je levai les yeux au ciel, désabusé. J'imagine qu'il avait dû entendre cette réplique dans un film, et qu'il s'était dit qu'elle sonnerait toujours mieux que ses claquements de dents.

Sans surprise, je vis Hector lui éclater de rire à la figure :

— Écoute-moi bien, « Nostradamus* de Belleville », ordonna-t-il. Écoute-moi très attentivement. C'est moi qui fais les prédictions ici, dit-il en insistant bien sur chaque mot, et ton avenir s'trouve dans cette satanée cave. Alors, maintenant, tu descends.

Il marqua une pause, avant de se mettre à hurler :

— Tout de suite ! vociféra-t-il en pointant son arme sur la poitrine de mon ami qui semblait sur le point de tomber dans les pommes.

Moi, en tout cas, je n'en avais jamais été aussi près de toute ma vie.

Caroline tira son frère par le bras et je les vis tous deux descendre les marches de l'escalier, tête baissée.

— N'oubliez pas votre clébard et votre sale chat !

Je tournai le museau vers lui, outré.

— Allez, venez ! nous exhortèrent-ils.

Évaluant rapidement la situation, je jugeai préférable de remettre cette petite conversation à plus tard. Dans les moments importants, voyez-vous, je savais être conciliant.

* Nostradamus : médecin et astrologue du XVIe siècle, réputé pour ses prédictions.

Arrivé au pied de la porte, je risquai tout de même un coup d'œil en arrière vers Hector et feulai dans sa direction. J'eus à peine le temps de voir ce dernier me décrocher un violent coup de pied. Je le reçus en pleine poire et dégringolai les escaliers à moitié assommé. L'outrecuidant, il avait osé. Je venais d'encaisser une pointure quarante-six dans le nez ! J'allais mourir là, séquestré dans une cave, le museau complètement déformé. Intérieurement, je priai pour qu'on ne me retrouvât jamais. Même mort, il m'aurait été impossible d'assumer. Hector claqua la porte sans ménagement et, juste après, je m'évanouissais.

36.

Prisonniers dans la cave

— Moustache, s'écria Sam en me voyant tomber au pied des escaliers, inanimé. Tu m'entends ?

Il me claqua plusieurs fois le museau. J'ouvris un œil, un peu hagard, avant de le refermer. Ma paupière pesait si lourd ! J'avais l'impression que ma tête avait été broyée : les sons qui me parvenaient résonnaient comme dans un chaudron en fonte.

J'entendis Caroline sangloter, vraisemblablement choquée par ce qui venait de se passer. La seconde d'après, je devinais qu'elle s'écroulait sur le sol, en proie au désespoir le plus total.

Samuel m'abandonna un instant pour la réconforter. Il posa une main sur l'épaule de sa sœur, essayant de la consoler du mieux qu'il pouvait :

— Moustache est un peu assommé, mais ça va aller. T'as vu le vol plané qu'il a fait ?

Il chercha à dédramatiser et jugea bon d'insister, ignorant que j'étais en train de reprendre mes esprits :

— Ça m'a rappelé le jour où Moustache s'est retrouvé face à Rousquille, la première fois. Papa l'a balancé par la fenêtre comme une vieille chaussette pourrie, tu t'en souviens ?

Il espérait que le rappel de cette anecdote la ferait sourire, elle eut le mérite de me réveiller tout à fait. Je n'étais pas sourd, simplement sonné !

Sam la connaissait par cœur. Quand sa sœur faisait des cauchemars, c'était souvent lui qui se levait pour la rassurer. La première fois qu'elle s'était écorché le genou en vélo, c'était lui qui l'avait ramenée à la maison. Tout le long du chemin, il l'avait portée sur son dos et lui avait raconté les blagues de Toto, pour la faire rire. Et ça avait marché ! Quand ils étaient rentrés à la maison, elle n'arrivait même plus à se rappeler l'endroit précis où elle s'était blessée.

À l'école, c'était lui encore qui avait mis un terme aux railleries qu'elle subissait de la part de Déborah. La petite peste n'arrêtait pas d'embêter sa sœur, cette dernière refusant de se plaindre au professeur. Il s'était interposé. Les arguments qu'il choisit d'exposer furent hautement dissuasifs, et Déborah n'eut d'autre choix que d'arrêter de la harceler.

Samuel n'était pas à proprement parler son « confident » – c'était moi qui avais ce privilège attitré – mais c'était tout de même son grand frère. Depuis tout petit, il n'avait jamais pris ce rôle à la légère. Il était son irremplaçable béquille. Son défenseur. Et aujourd'hui, son plus fidèle protecteur.

Elle esquissa un petit sourire au souvenir de l'épisode.

— Cet Hector est un vrai monstre, cracha-t-elle, d'une voix pleine de rage.

— Ouais, approuva ce dernier. Mais on ne va pas se laisser faire !

Il paraissait soulagé qu'elle cesse enfin de pleurer.

— Il faut à tout prix qu'on trouve un moyen de l'arrêter.

Reprenant l'usage de mes membres, je me levai et me rapprochai. Ils m'accueillirent avec de grandes caresses et me grattouillèrent derrière les oreilles avec tendresse. Peu après, tandis que nous reprenions des forces les uns auprès des autres, Rousquille vint se joindre à nous et, timidement, prit également part à la distribution de câlins.

— Écoutez-moi tous attentivement, déclara Samuel d'une voix ferme. Nous avons un avantage pour nous.

Nous le regardâmes avec attention.

— La situation peut difficilement être pire !

S'il voulait motiver ses troupes, c'était raté. Nous le fixâmes tous les trois, médusés. Intérieurement, je répugnais à le laisser prendre le commandement des opérations. Avec son habituelle spontanéité, Caroline lui balança en pleine tête l'éventualité à laquelle, manifestement, il n'avait pas songé :

— Bien sûr que si, elle peut être pire, répondit-elle spontanément. Faut te faire un dessin, espèce de nouille ? Imagine que personne ne vienne à notre secours. On fera quoi à ce moment-là ?

Elle avait l'air de s'être bien requinquée.

— Quelqu'un va forcément venir, la contra-t-il. Si les Marchal déménagent brutalement, leur départ va éveiller les soupçons. Les policiers viendront inspecter la maison. Il marqua un petit temps de réflexion, puis continua :

— Et l'école, elle va aussi signaler notre disparition. Mamie lancera des recherches immédiatement !

Finalement, Samuel était plutôt convainquant.

— Donc, reprit-il d'une voix plus calme, c'est bien ce que je disais. Quelqu'un va forcément venir nous tirer de là, acheva-t-il, les bras fièrement croisés sur la poitrine.

— Ok, mais quand ? On n'a rien à boire, rien à manger. Combien de temps va-t-on tenir avant de dépérir ?

Il réfléchit un instant, rassemblant ses maigres connaissances à la hâte.

— Le corps humain peut survivre quelques jours sans boire. Et plusieurs semaines sans manger, ne t'inquiète pas ! D'ici là, on nous aura retrouvés, s'exclama-t-il d'un ton enjoué.

Ma captivité venait de perdre 3 000 degrés au baromètre de l'assurance-survie. Je vis les autres qui le fixaient, l'air choqué. Hors de question de rester enfermé sans rien faire !

D'autant que je doutais de pouvoir tenir, ne serait-ce qu'une demi-journée, sans m'alimenter.

Je décidai de laisser les enfants continuer de se disputer seuls. Se crêper le chignon était sûrement une façon de retrouver des repères familiers. Tandis que j'inspectais la pièce, reniflant çà et là à la recherche d'une idée, je sentis le regard de Rousquille peser sur moi. Elle m'observait.

Intriguée, elle mit un moment avant de comprendre ce que je faisais.

— Tu cherches un moyen de nous faire sortir ?

— À ton avis ? répondis-je, agacé.

Avant de me reprendre la seconde d'après :

— Excuse-moi, je ne voulais pas...

Elle m'excusa immédiatement :

— Ce n'est pas grave. Avec la tête que tu as, je comprends que tu sois un peu à cran.

Je ne répondis pas.

Prenant le parti de m'aider, elle se mit elle aussi à fureter.

— Je ne suis pas le trappeur le plus doué, mais il me semble sentir ici de l'air plus frais. Pas toi ?

Elle secoua la tête.

J'avais pourtant l'intuition d'être sur la bonne piste et m'entêtais. Je m'enfonçai plus avant dans le recoin, contournant l'échelle de meunier par laquelle nous étions descendus – ou plutôt pour être exact, que j'avais dévalée.

Soudain, je m'exclamai d'une voix enthousiaste :

— J'avais raison, Rous, il y a quelque chose. Viens voir par là !

— Rous ? répéta-t-elle, surprise d'entendre ce surnom spontané.

Je dissimulai ma gêne sous le ton de l'agacement :

— Ben quoi ? Oh, Rous, Mous, à un moment, il va falloir arrêter de faire des manières !

Je déraillais complètement. Qu'est-ce qui m'avait pris de l'appeler comme ça ? Cette familiarité excessive ne me ressemblait pas. J'attribuai la responsabilité de ce dérapage au choc que cette chute dans les escaliers avait provoqué.

Un vieux bureau poussiéreux se trouvait face à nous. S'il avait un jour servi d'établi ou de planche de travail, il semblait avoir été laissé à l'abandon depuis longtemps. Des outils gisaient sur le plateau, éparpillés un peu partout. Ils étaient sales et recouverts d'une épaisse couche de poussière. Ils semblaient ne pas avoir été utilisés depuis une éternité.

Je déplaçai mon regard vers l'arrière : une étagère en bois prolongeait le bureau dans la hauteur. Elle était tout aussi sale, une masse répugnante de toiles d'araignées pendait à l'extrémité. Cependant, quelque chose m'intriguait, sans que je puisse pour autant réussir à l'identifier. J'observai le meuble de plus près. Soudain, je compris ce que c'était : les toiles d'araignées. Elles bougeaient. C'était un mouvement à peine perceptible, presque inespéré, mais elles bougeaient.

Je m'approchai, chassant ainsi l'ultime doute qu'il me restait, avant d'éclater de joie. Je n'avais pas rêvé : c'était bel et bien un souffle d'air qui les poussait !

37.
Un souffle d'espoir

Un léger courant d'air faisait danser les vieilles toiles d'araignées. Ces dernières se soulevaient mollement à son contact. Il fallait absolument trouver la provenance de cette arrivée d'air, c'était notre seule chance.

D'un bond leste, je sautai sur le bureau. Chaque pas que je faisais déplaçait un nuage de poussière épais qui me fit éternuer plusieurs fois. Lorsque je parvins au sommet, je ne découvris pourtant pas ce à quoi je m'attendais : il n'y avait aucune sortie apparente vers l'extérieur. Je reniflai, têtu, avant de retrouver ma piste. Le filet d'air froid était entravé, il se cognait au dos des étagères.

— Il y a bien une ouverture, Rousquille. Mais elle est derrière ! Il faut déplacer l'étagère.

Rousquille courut prévenir Samuel et Caroline. Elle aboya tant et si bien qu'ils mirent fin à leur dispute pour venir nous rejoindre.

— Qu'est-ce que vous fabriquez tous les deux ? demanda Caroline avant de lever la tête vers moi, intriguée. Mous, ne me dis pas que t'es encore coincé, rouspéta-t-elle. Tu crois franchement que c'est le moment d'escalader ?

Exaspéré par ses reproches, je roulai des yeux. Je n'étais pas le chat le plus adroit, tous deux le savaient très bien. Si je me trouvais juché là-haut, ce n'était sûrement pas pour m'amuser ! Je descendis de mon perchoir et tentai de leur expliquer. Je miaulai à grands cris, sautant frénétiquement sur le plateau du bureau plusieurs fois, espérant ainsi qu'ils parviendraient à comprendre.

Leur bobines déroutées m'indiquèrent que la communication ne passait pas.

— Rousquille, dis-je d'un ton impératif, va gratter derrière le bureau !

Elle s'exécuta immédiatement.

De mon côté, j'allongeai une patte nerveuse vers le mur, veillant à la tendre au maximum. Comme elle, je sortis les griffes et miaulai de plus belle.

— Je crois qu'ils essayent de nous dire quelque chose...

— Oui, répondit Samuel. Et cette fois-ci, je crois que j'ai saisi ! Aide-moi à déplacer ça, ordonna-t-il à sa sœur.

« Bingo ! » miaulai-je, ravi.

Je les vis essayer de tirer sur le bureau. Mais il était trop lourd, il ne bougea pas d'un pouce. Ils se ravisèrent.

C'est alors que Samuel proposa une autre solution :

— On va prodéder en deux étapes, Caro. D'abord, on va déplacer le haut. On va le pencher et le retenir un peu.

— Et après ?

— On n'aura qu'à tout lâcher !

« Sacré plan d'attaque », soupirai-je.

Je priai en prévision des blessés.

Ils réussirent à déplacer l'étagère de quelques centimètres, la firent tourner sur elle-même et, après avoir poussé tous les tournevis, clés anglaises et autres outils qui traînaient par-dessus l'établi, ils penchèrent l'étagère en avant. Ils la laissèrent ensuite lourdement tomber au sol, et le fracas qu'elle fit en se brisant me fendit les tympans.

À l'étage, pourtant, pas un ne broncha. Hector avait dit vrai : la cave était parfaitement insonorisée.

— Regarde Caro, s'exclama Samuel, visage radieux. Là-haut, il y a une grille d'aération !

À son tour, il grimpa sur le plateau.

— Passe-moi un tournevis.

La petite fille afficha une moue contrariée.

— Ça t'ennuierait de dire « s'il te plaît » ?

Il soupira : ce n'était pas vraiment le moment de se perdre en politesse.

Caroline, têtue, ne bougeait pas.

— S'il te plaît ! maugréa-t-il, excédé.

Hissé sur la pointe des pieds, il parvint en quelques minutes à dévisser les quatre tiges filetées qui retenaient la plaque. Elle avait été scellée contre une petite ouverture. Une maigre trouée, d'à peine vingt centimètres carrés. En découvrant cela, un nouveau désespoir écrasa l'excitation qui nous avait gagnés un peu plus tôt. La percée donnait sur l'arrière de la maison des Marchal, en direction du bois municipal, dont l'accès, réservé à la municipalité, était strictement interdit au public. En résumé, l'ouverture donnait sur une réserve forestière que personne, absolument personne, ne fréquentait.

Quelqu'un n'avait-il pas dit à un moment que la situation ne pouvait pas être pire ?

— Même si on criait de toutes nos forces, personne ne nous entendrait, déplora Sam, soudain désemparé. Pas un habitant ne passe par là.

— On ne s'en sortira jamais, se lamenta Caroline à son tour.

Non, non, et non, il y avait forcément une solution !

Je tournai nerveusement sur le plateau. L'ouverture était étroite. Néanmoins, je pouvais passer, moi. Il fallait essayer, nous devions tout tenter.

Je regardai Rousquille qui, pour une fois, parut lire dans mes pensées.

— Ne me dis pas que tu veux qu'il te hisse en haut ?

Je m'enroulai aussitôt aux pieds de Samuel pour l'attirer.

— C'est notre dernière option, répondis-je.

— Tu es malade ? Dehors, Gros Jack monte la garde. Dès qu'il te verra, il ne fera qu'une bouchée de toi.

— Tu as sûrement raison. Mais comme tu l'as dit toi-même, encore faut-il qu'il me voie !

Je marquai une pause.

— Je dois essayer, Rousquille, on n'a pas le choix. Les Marchal sont sur le point de partir et les enfants risquent leur vie. Combien de temps vont-ils tenir ?

Samuel se pencha vers moi pour me soulever, il avait saisi l'idée.

— Imagine que personne ne vienne nous secourir. Je ne peux pas rester là sans rien faire !

Elle me regardait monter avec une expression inquiète. Au fond d'elle, elle savait que j'avais raison.

— À cœur vaillant, rien d'impossible, m'exclamai-je, souriant, feignant une solide assurance.

L'instant d'après, un puissant vertige me rattrapa. Je sentis la peur se diffuser partout en moi mais n'en montrai rien et reportai mon attention sur l'objet de ma mission. Il n'y avait plus une minute à perdre, l'horloge tournait. Je levai la tête vers Samuel et miaulai à nouveau.

— Ce que tu t'apprêtes à faire est très dangereux. Fais bien attention à toi, mon grand.

Il déposa un baiser appuyé sur ma tête.

« *Ouille* ! Pas trop fort » pensai-je.

Un hématome gros comme un steak me déformait le crâne.

— Je ne veux pas te mettre la pression mais, à présent, tu es notre dernier espoir.

« Effectivement, je me sens tout de suite beaucoup plus léger ! »

— Si tu réussis, ajouta Caroline à voix basse, je te promets qu'on t'offrira les meilleures pâtées de tout le supermarché.

Face à Gros Jack, je doutais que cette motivation suffise.

« Je ferai tout mon possible pour réussir, miaulai-je, je vous en fais la promesse ! »

Sam tourna alors ma tête vers la brèche grossièrement circulaire.

— Bonne chance, mon pote. Et surtout, sois prudent, dit-il en me poussant soudain l'arrière-train.

Tout à coup, je fus pris d'un sérieux doute. Ce dernier ne me laissa pas le temps de réfléchir davantage et, deux secondes plus tard, j'atterrissais de l'autre côté. Au moment même où je tombais sur la pelouse fraîchement tondue des Marchal, je paniquai. Qu'est-ce qu'il m'était donc passé par la tête ? C'était une idée tout bonnement suicidaire.

L'instant d'après, mes poils se hérissèrent. Sous mes pattes, le sol s'était mis à trembler. Gros Jack faisait sa ronde autour de la maison. D'une seconde à l'autre, il m'apercevrait, et tout espoir serait perdu.

38.

Trouver de l'aide, coûte que coûte

Sans réfléchir, je filai du côté opposé juste avant qu'il ne tourne et me voie. À toute vitesse, je traversai la pelouse, ventre à terre, puis détalai en direction de la rue des Camélias. Je la remontai en fonçant tout droit. Je n'avais aucune idée de la façon dont j'allais m'y prendre pour sortir les enfants et Rousquille de leur captivité, mais j'étais convaincu qu'une aide serait bienvenue.

Je me mis à miauler furieusement tandis que je bifurquais, paniqué et à bout de souffle, dans la rue des Romarins.

Mike était allongé sur les genoux de Jojoko, assise sur la balancelle. Elle avait la tête penchée et était d'une lividité à faire peur.

— Mike, criai-je, active-toi. Les enfants et Rousquille sont emprisonnés dans la cave des Marchal !

Il se redressa. Jojoko, qui avait l'air complètement éteinte, ne cilla pas d'une paupière quand il s'élança.

— Quoi ? s'écria-t-il en me rejoignant aussi vite que possible. Qu'est-ce que tu racontes ?

— Ce sont eux qui ont commis tous les cambriolages. Leur fils a tout organisé ! m'époumonai-je. Il faut absolument les arrêter avant qu'ils ne prennent la fuite, on doit trouver un moyen de prévenir la police !

— Nom d'une sardine, lâcha-t-il.

Le voir me rejoindre comme une fusée, sans hésiter, me mit du baume au cœur. Je n'étais plus tout seul à essayer de les sauver, ce gage d'amitié me redonna du courage.

— Que comptes-tu faire ? me demanda-t-il, tandis que nous avancions d'un pas pressé vers le Boulevard Central.

— Il faut trouver un moyen de faire venir la police jusque chez eux.

Le poste de police se trouvait à l'angle du Boulevard Central et de l'allée des Camélias. En face de l'agence immobilière des parents de Sam et Caroline.

Arrivés devant l'enseigne « Malloré Immobilier », nous ralentîmes. Un panneau d'information placardé sur la porte d'entrée signalait « Nous sommes absents jusqu'à la fin de la semaine ». Au-dessous, il indiquait un numéro de téléphone à contacter en cas d'urgence. Ils étaient loin. Même si nous avions pu les appeler, qu'auraient-ils fait ?

Nous traversâmes la rue pour rejoindre le trottoir opposé. Alors que nous contournions l'immeuble qui hébergeait les locaux de la police, nous aperçûmes la silhouette d'Henriette qui s'engouffrait dans une voiture de patrouille. Aussitôt, nous accélérâmes.

Mais la voiture démarra sans qu'elle nous voie. Plongée dans ses pensées, elle avait les yeux rivés sur son sac à main bleu. Nous gesticulâmes comme deux cinglés, sans succès. On aurait dit que nous étions invisibles, c'était à peine croyable. Dans la rue, personne ne semblait remarquer ces deux chats survoltés qui s'agitaient en poussant des miaulements fiévreux.

Le véhicule enclencha la marche avant, et, progressivement, nous distança. Incrédules, nous restâmes figés un instant, pattes ballantes, en regardant bêtement la voiture remonter le boulevard.

— Qu'est-ce qu'on fait maintenant ? questionna Mike, décontenancé.

Je répondis la première idée qui me venait :

— On les suit !

Arrivée au carrefour d'en haut, la voiture de patrouille signala son intention de tourner à droite, puis s'engagea.

— Les policiers ramènent Henriette chez les Malloré.

Effectivement, la voiture continua son chemin, ignorant la première rue transversale, mais opérant un virage en direction de la suivante. Elle se gara juste après, devant le pavillon des Malloré. J'avais vu juste.

Les portières s'ouvrirent, et nous aperçûmes deux policiers sortir du véhicule. L'un d'eux contourna alors aimablement la voiture pour prêter main forte à Henriette qui peinait, comme toujours, à s'extraire de l'habitacle. Nous la vîmes prendre appui sur le bras du policier avant de le remercier.

Nous marquâmes un temps d'arrêt.

— Mike, dis-je, il faut attirer leur attention. C'est notre seule chance de les mener chez les Marchal.

— Bonne idée !

Après une seconde de réflexion, il m'interrogea :

— Et comment on réalise cet exploit, tu m'expliques ?

Je tournai la tête vers lui et lui lançai un regard plein de malice.

— Je sais comment on va procéder...

Je pris une grande inspiration, avant de lui expliquer :

— Quand on s'est rencontrés, tu m'as raconté que tu avais traîné par ici pendant des mois. Tu m'as dit que tu avais vécu l'enfer, que tu zonais dans le quartier, l'estomac creux, te demandant chaque jour si ce serait ton dernier, tu te rappelles ?

— Évidemment, fit-il.

— Imagine un instant que ce soit ces mêmes policiers qui t'aient mené la vie dure ! Qui te traquaient, te poursuivaient, jour et nuit, guettant la moindre occasion de t'embarquer pour la fourrière.

Le regard de Mike parut soudain se transformer. Tout à coup, son œil vide se mit à briller d'une lueur étrange et je vis ses babines se retrousser sous l'effet d'une colère refoulée, réprimée au fond de lui depuis des années, mais dont la force demeurait intacte. Mon plan tout entier reposait sur sa capacité à dégoupiller. Et il avait l'air de sacrément bien fonctionner !

Pressentant qu'il était sur le point de basculer, j'enfonçai le clou :

— C'est le moment de te venger, commandai-je d'une voix autoritaire. Pense à toutes les misères qu'ils t'ont faites. Vas-y, l'encourageai-je, tu en as tellement rêvé. Asticote-les tant que tu peux. De mon côté, je ferai mon maximum pour te seconder. Dès qu'on aura ferré leur attention, ils ne nous lâcheront plus !

— Ok, mon pote, c'est parti, s'exclama-t-il en fonçant droit en direction des policiers en faction. Que la fête commence !

39.

La Méthode-choc

Mike sauta sur l'épaule du premier policier et lui planta ses crocs vengeurs dans le cou. Ce dernier hurla de douleur. Il se mit à gesticuler en tous sens pour se débarrasser de l'animal fou furieux. Il appela à l'aide son collègue qui ne pouvait rien faire : il était lui-même occupé à parer mes coups de griffes acérées. Je labourais sa peau comme un acharné, me félicitant de l'excellent résultat que mes manucures quotidiennes produisaient. Taillées comme des rasoirs, mes griffes eurent tôt fait de réduire en lambeaux sa belle chemise réglementaire bleu foncé.

Il tenta de se dégager mais ne parvint qu'à me faire dégringoler le long de son corps, et je me fis une joie de découper en franges son pantalon de service tandis que je glissais le long de ses jambes qu'il secouait avec nervosité, comme si des orties l'avaient piqué. La brise légère acheva de révéler à toute la rue la blancheur de ses mollets poilus.

Je m'esclaffai : il avait l'air ridicule !

— Qu'est-ce qui leur prend ? Ils sont enragés, ma parole, s'écria le premier, incapable de se libérer des crocs de Mike.

Il était plus coriace que jamais.

— Ce sont de véritables dangers publics !

En nous voyant ainsi agresser les officiers de police, Mamie Henriette sortit aussitôt de sa rêverie.

— Mike, Moustache, qu'est-ce qui vous prend ? tonna-t-elle.

Nous étions survoltés.

— On continue, Mike ! On ne les lâche pas, l'encourageai-je.

— Avec plaisir, Mous !

Nous fondîmes alors à nouveau sur les policiers qui se protégèrent instantanément le visage avec leurs bras. Ils les agitaient frénétiquement, parant maladroitement un nouvel assaut sanglant. Moulinant tant qu'ils pouvaient, ils balançaient çà et là leurs poings avec des gestes désordonnés, lançant à l'aveugle des coups de pied à tout va.

Au bout de plusieurs manœuvres infructueuses, les policiers réussirent enfin à se libérer et nous rejetèrent plus loin sur le trottoir. Ils profitèrent de ce maigre répit pour reprendre leurs esprits.

Nous les observâmes un instant, puis repartîmes de plus belle. Quand ils plièrent leurs corps en deux, les bras croisés sur la tête pour se protéger, je criai :

— Ça suffit, Mike !

D'un bond, nous redescendîmes des épaules de nos victimes et nous postâmes quelques mètres plus loin. Nous nous préparions déjà au prochain assaut, tournant en rond sur nous-mêmes pour évacuer les décharges d'adrénaline qui remontaient par vagues dans nos corps déchaînés.

L'un des deux policiers leva timidement un bras sans oser nous regarder.

— C'est incroyable, fit celui qui s'appelait Jo. On dirait qu'ils nous provoquent.

— Je n'ai jamais vu ça de ma vie, lui répondit Bob, le visage décomposé.

Je fis signe à Mike d'attendre et observai, satisfait, les yeux des deux policiers : le poisson avait bel et bien mordu à l'hameçon.

C'est alors que je les vis froncer les sourcils et, d'un geste, sortir leurs matraques.

— Maintenant, Mike !

Nous tournâmes le dos aux policiers et détalâmes. Ces derniers, frustrés, s'élancèrent aussitôt à nos trousses. Nous courûmes à toute vitesse en direction de la maison des Marchal. Caroline, Sam et Rousquille devaient être morts d'inquiétude. Je risquai un regard en arrière pour vérifier qu'ils nous suivaient bien. Ils nous collaient au train. Rassuré, j'accélérai.

Quand nous arrivâmes dans l'allée du Bois, Hector était en train de ranger les valises dans le coffre. Gros Jack, fidèlement, se tenait à ses côtés. Il surveillait les alentours de son œil acéré. M. Marchal, lui, attendait dans la voiture. Il avait pris place au volant et patientait, prêt à démarrer, aussi tendu qu'une arbalète. Ses yeux étaient vides et il avait le visage fermé. J'aperçus plus loin son épouse qui mettait un dernier tour de clé à la porte d'entrée.

Oh non, pitié, pourvu qu'il ne soit pas trop tard ! J'allongeai encore ma foulée.

En entendant le raffût qui remontait du fond de la rue, les quatre tournèrent la tête au même moment. Pas un, cependant, ne s'attendait à la scène qui suivit. Ni les Marchal, prêts à prendre la poudre d'escampette. Ni Mme Frenelle, qui était en train de sortir ses poubelles et qui en lâcha un des couvercles. Ni même Mme Bienfait, qui donnait le biberon à son fils et qui, de stupéfaction, lui glissa la tétine en plein milieu d'une narine.

Nous arrivions à toute vitesse, courant aussi vite que nous le pouvions, traînant les policiers derrière nous. Parvenus à hauteur de la maison des Marchal, nous stoppâmes net. Un poignée de secondes après, les policiers épuisés ralentirent eux aussi, essoufflés et rouges comme des tomates.

Hébétés de surprise, la famille Marchal nous regardait sans comprendre.

— Veuillez nous excuser pour le dérangement, firent les policiers. Nous sommes à la poursuite de deux chats complètement givrés ! Nous devons absolument les neutraliser avant qu'ils ne blessent quelqu'un.

À la vue de leurs visages griffés, de leurs bras sanguinolents et de leurs vêtements déchirés, Hector se fit la réflexion qu'il était un peu tard pour s'inquiéter : le mal était déjà fait. Il s'abstint toutefois de toute remarque. La prudence était de mise. Placide, il ne bougeait pas, les mains plaquées sur le coffre de la voiture. Gros Jack, lui, avait subrepticement levé le train arrière. Hector lui jeta un regard bref, l'autre se rassit dans l'instant.

Les policiers, intrigués, le dévisageaient.

— Vous partez en vacances ? demanda le premier d'un air étonné.

40.
Un départ précipité

— En effet, leur répondit calmement une voix sur la gauche.

C'était Mme Marchal. Elle descendait les marches du perron, chargée de son gros sac à main.

— Ma cousine est en mauvaise santé, expliqua-t-elle. Nous allons à Orléans pour lui apporter un peu de soutien.

Elle était douée : cette réplique aux accents parfaitement naturels aurait pu lui valoir une nomination aux César.

— Je suis désolé de l'apprendre. Nous vous reconnaissons bien là, Madame Marchal. Toujours prête à rendre service !

L'autre, serviablement, enchaîna :

— Si vous le souhaitez, nous pouvons jeter un coup d'œil sur la maison pendant votre absence.

— C'est gentil de votre part. Ce ne sera pas la peine, nous ne partons pas longtemps, répondit-elle poliment.

Elle affichait une mine faussement réjouie. Les agents de police jetèrent rapidement un coup d'œil à la voiture : elle était pleine à craquer, ils ne s'en étonnèrent même pas.

Je soupirai. Tant de bêtise accumulée avait le don de m'exaspérer.

— Bien, reprit Bob, où en étions-nous ? Ah oui, les chats.

Je regardai Mike : il lut dans mes yeux l'ampleur de ma désolation. Nos coups de griffes avaient ouvert le dessus de l'épiderme, mais le fond du cerveau était intact.

Au coin de la rue, j'aperçus Mamie Henriette qui arrivait en boitant, nous criant de revenir immédiatement. Il fallait agir vite.

Je bondis à l'intérieur du coffre de la voiture, au nez et à la barbe de Gros Jack qui, je le savais – du moins, je l'espérais – ne bougerait pas d'une oreille sans l'autorisation de son maître. Les policiers n'eurent même pas le temps de brandir leur matraque. En deux temps trois mouvements, j'éventrai les sacs de toile rangés au-dessus des valises et les balançai dans la rue d'un coup de patte arrière.

Quand ils se dispersèrent sur le bitume, je retins alors ma respiration, priant pour que quelque chose attire leur attention. De là où j'étais, en effet, j'avais la vue bloquée : juché en haut d'une valise bombée par un volume démesuré de vêtements qui y avaient été enfournés à la hâte, il m'était impossible de voir le contenu des sacs gisant à terre.

C'est alors que le visage d'un des policiers se ferma brusquement. Sans un mot, ce dernier passa une main à l'arrière de son ceinturon.

Je le vis ensuite soutenir le regard d'Hector, avant de s'écrier :

— Mains en l'air, Hector. Immédiatement !

Le policier le menaçait avec un taser.

Hector me détailla, l'air contrarié, puis m'adressa un sourire mauvais. Il leva docilement les bras, faisant mine de coopérer.

« Méfiez-vous, pensai-je à l'attention des officiers. Ce gars-là est un fourbe ! Il ne se laissera pas arrêter sans résister. »

— Mais bien sûr, M'sieurs les policiers, à vos ordres.

Il jeta un bref coup d'œil à son dogue qui réagit dans la seconde.

— Jack, cria-il soudain, attaque !

Une fulgurante détonation retentit. Le policier avait déclenché son arme et, en une fraction de seconde, Gros Jack s'écroula au sol. Deux tiges souples en métal pendaient au milieu de son poitrail : Jo venait de le neutraliser.

Son corps inanimé fut traversé par des soubresauts qui l'agitèrent quelques instants encore, avant de cesser, au moment même où il perdait connaissance.

Stupéfaits, Mike et moi détaillâmes la carcasse molle de notre ennemi gisant au sol, inerte, la langue à demi pendante, avant d'être envahis par un sentiment de profond soulagement. Les deux policiers se tenaient à présent face à Hector. Ils ne le lâchaient pas des yeux, surveillant en même temps M. et Mme Marchal, dont le visage s'était liquéfié.

— M. Marchal, ordonna Bob dont la chemise tenait encore en un seul morceau, sortez lentement de la voiture et posez vos mains sur le capot. Mme Marchal, continua-t-il d'un ton ferme, plus un geste !

— Hector, retourne-toi, continua Jo, je vais te passer les menottes avant de te lire tes droits.

Quand Mamie Henriette arriva sur la scène d'arrestation, clopin-clopant, elle écarquilla les yeux en grand en découvrant son collier qui brillait sur le bitume. C'est à ce moment-là qu'elle comprit enfin les raisons de tout ce grabuge.

— Comment avez-vous osé ? dit-elle d'un ton mauvais en se tournant vers Mme Marchal.

Sa voix, sidérée, était pleine de reproches.

— Je suis désolée, Henriette, balbutia-t-elle.

Ses paupières débordaient de larmes.

— Notre fils... se justifia-t-elle. Nous avons toujours tout fait pour notre fils.

Sans perdre une minute, nous filâmes en direction de la maison des Marchal. Henriette nous suivit des yeux, intriguée. Elle nous regardait feuler devant leur porte d'entrée, comme deux fous échappés d'un asile.

Une angoisse soudaine saisit la gorge d'Henriette. Affolée, elle demanda :

— Que cachez-vous d'autre dans cette maison ? Les chats ont senti quelque chose. Ils trépignent comme des lions en cage devant votre porte, ce n'est pas normal.

Elle tourna le regard vers les policiers, implorant leur soutien.

— Coopérez, Mme Marchal ! Si vous collaborez, nous ne manquerons pas de le mentionner sur le rapport d'instruction, et le juge sera plus clément.

— Ne dis rien ! hurla Hector à sa mère. Ces bijoux n'prouvent rien. Avant d'être condamnés, il faudra qu'ils prouvent que nous sommes bien les auteurs des cambriolages ! Rien ne dit que ces bijoux n'ont pas été dissimulés dans ce sac à notre insu.

Il tourna alors la tête vers la voisine qui assistait, effarée, à cette scène d'arrestation musclée.

— Peut-être est-ce Mme Frenelle qui a fait l'coup, qu'en savez-vous ?

À l'énoncé de cette accusation, ladite voisine manqua de s'évanouir.

— La seule chose que j'sache, pour ma part, c'est que vous venez d'électrocuter mon chien sans sommation.

— Qu'y a-t-il donc dans votre satanée maison ? hurla Henriette, hors d'elle. Elle semblait sur le point de devenir folle.

Mme Marchal sursauta au son de ce cri déchirant. Elle tourna alors la tête vers son fils et, avec une expression de profonde pitié, lui adressa ces mots pleins de tendresse et de regrets mêlés.

— Mon chéri, nous t'aimons tellement, si tu savais... Ton père et moi t'aurions tout donné. Nous voulions seulement que tu sois heureux.

— Tais-toi ! cria-t-il, furieux.

— Mais, petit déjà, continua-t-elle, tandis qu'elle replongeait dans de vieux souvenirs, je te regardais faire. Je t'ai observé tant de fois.

— Tu vas la fermer, nom d'un chien ! jura-t-il pour l'arrêter.

Elle ne semblait plus l'entendre crier, comme perdue dans ses pensées.

— En maternelle, déjà, tu jetais des cailloux sur tes camarades de classe. Plus le temps passait, plus tu étais agressif... Tu cassais les jouets que nous t'offrions, tu te battais avec les autres enfants, tu cherchais sans cesse querelle autour de toi.

Elle soupira.

— Plus tard, à l'adolescence, tu t'es mis à nous mépriser, sans que nous ne sachions pourquoi. Et puis, un jour, tu t'es muré dans le silence, et tout a basculé.

— Arrête ça tout de suite, grogna son fils d'une voix menaçante.

Elle acheva son discours d'une voix blanche :

— C'est fini, Hector. Par ta faute, deux enfants innocents risquent leur vie. Je ne peux plus te protéger, tu es allé trop loin.

Henriette la prit par les épaules et la secoua aussitôt :

— Comment ça, deux enfants risquent leur vie ?

Elle craignait de n'avoir que trop bien compris. Mme Marchal lui tendit son trousseau de clés d'une main tremblante.

— Vos petits-enfants sont enfermés à la cave, allez vite les chercher.

— Mon Dieu, fit-elle en se saisissant des clés.

— Je vous demande pardon, Henriette, dit-elle d'une voix éteinte.

Mais l'autre ne l'écoutait déjà plus. Elle courut ouvrir la porte d'entrée, laissa échapper les clés, les ramassa, recommença et, en un rien de temps, s'engouffra dans la maison en direction de la porte du fond, qu'elle ouvrit comme une furie.

— Caro, Sam ! C'est Mamie, cria-t-elle, insensible à la douleur qui lui vrillait la cheville. Vous êtes là ?

— Mamie ! s'exclamèrent-ils en explosant de joie. On est là, on est là !

Ils remontèrent à la vitesse de l'éclair les marches de l'échelle de meunier et sautèrent dans les bras de leur grand-mère avec tant d'enthousiasme qu'ils tombèrent tous trois à la renverse.

Henriette n'en finissait pas de pleurer de joie, serrant fort ses petits-enfants dans ses bras. Rousquille jappait de bonheur à leurs pieds. Mike et moi, incommodés par ces effusions, nous bouchâmes les oreilles en souriant.

Assis sagement sur le paillasson, nous étions fiers comme des paons !

41.

Le Retour des parents

Quand le monospace d'Annie et Franck se gara dans l'allée, la semaine avec Mamie Henriette touchait à sa fin. Nous étions vendredi soir. Il faisait quasiment nuit, même s'il n'était pas tout à fait 19 heures. Les jours raccourcissaient à vue d'œil, et les habitants du quartier n'allaient pas tarder à sentir le froid mordant de l'hiver sur leurs joues, le matin, lorsqu'ils partiraient travailler. Des perles gelées tapisseraient bientôt la végétation alentour, s'accrochant aux feuillages des arbres voilés de lumière bleutée.

Ils s'attendaient à voir leurs enfants courir vers eux en râlant, les imaginant déjà pester en se plaignant de la vie que leur faisait mener Henriette, tout en leur reprochant de s'être absentés trop longtemps. Ce ne serait qu'après qu'ils les auraient assommés de mille questions sur leur voyage.

Mais, à leur grande surprise, je fus le seul à les accueillir.

— Hé, salut toi ! lança la belle Annie en s'inclinant vers moi.

Je miaulai en retour, heureux de la revoir.

— Salut Mous, ça va ? m'interpela Franck.

Je tournai la tête, faisant mine de l'ignorer.

Aux abords de la maison, pas un bruit ne troublait le calme de cette fraîche soirée. La lumière extérieure éclairait le pallier de la porte d'entrée. Un étrange silence planait sur le quartier des Bruyères. Annie et Franck se regardèrent, perplexes. Quelque chose clochait.

Cherchant à repousser la soudaine angoisse que cette inhabituelle quiétude leur inspirait, ils dégagèrent les valises du coffre de la voiture sans dire un mot. Tout leur paraissait bien trop calme.

Quand ils poussèrent la porte d'entrée, l'atmosphère étonnamment rassurante qui régnait à l'intérieur de la maison leur arracha un soupir de soulagement. L'ambiance n'était pas angoissante, elle était simplement différente. D'ordinaire, une agitation bouillonnante précédait l'heure du souper. Entre la course à la douche, les devoirs à finir en quatrième vitesse, les jouets à ranger, éparpillés partout dans le salon, la journée finissait souvent dans une effervescence qu'ils avaient toutes les peines du monde à contenir. L'énervement et la fatigue accumulés pendant la journée n'arrangeaient rien.

En découvrant leur paisible foyer ainsi transformé, ils sourirent. Outre la lumière apaisante des bougies savamment disposées un peu partout dans l'entrée, le salon était parfaitement bien rangé. La maison sentait bon. On préparait le dîner, des voix feutrées provenaient de la cuisine.

Ils posèrent leurs valises et se regardèrent. Franck leva un index sur sa bouche, faisant signe à sa femme d'approcher. À pas de loup, ils avancèrent en direction des voix. Lorsqu'ils passèrent la tête à travers l'encadrement de la porte de la cuisine, ils constatèrent que ni Caroline, ni Samuel, ni même Henriette ne les avaient entendus rentrer. Rousquille dormait paisiblement dans sa panière. Elle nota distraitement leur arrivée, ce qui sembla légèrement troubler son sommeil : elle remua simplement une oreille, en signe d'agacement.

Occupés à cuisiner, Henriette et leurs enfants leur tournaient le dos. La grand-mère était postée devant la gazinière. Sam et Caroline, installés de chaque côté, observaient ses mains expérimentées qui touillaient dans une cocotte avec application, et un fumet gourmand embaumait délicieusement la pièce.

Ils écoutaient, attentifs, les conseils de cuisson qu'Henriette leur prodiguait sur un ton particulier, comme s'il s'agissait d'un secret jalousement gardé :

— Vous voyez, mes chéris, il faut toujours surveiller le plat, leur préconisait-elle à voix basse, ne jamais le laisser cuire trop longtemps sans y revenir de temps en temps, même si vous le laissez mijoter à feu doux. Voilà. Comme ça, c'est bien, continua-t-elle.

Sa voix, tendre comme le miel, les guidait.

— Et vous ne devez pas oublier de goûter régulièrement, ajouta-t-elle, c'est très important ! C'est ce qui vous permettra d'ajuster correctement l'assaisonnement. Croyez-moi, ce n'est pas le plus déplaisant en cuisine, s'exclama-t-elle en riant. À toi Sam, dis-moi ce que tu en penses.

— Pourquoi c'est toujours lui qui goûte en premier ? réagit Caroline immédiatement.

— Promis, la prochaine fois, ce sera toi. Chacun son tour, répondit-elle d'une voix amusée.

Caroline et sa tête renfrognée ! Il y avait des choses qui ne changeraient jamais chez les Malloré. Doucement, Henriette tendit à Samuel l'extrémité de la cuillère en bois et veilla à le mettre en garde :

— Fais attention, c'est très chaud.

— Mmmmm, fit-il en ouvrant des yeux ravis. C'est délicieux, Mamie.

— Merci, mon grand, répondit-elle, flattée. Maintenant à toi, ma chérie, dit-elle en tournant la cuillère vers Caroline.

Cette dernière s'était juchée sur un tabouret pour être à la bonne hauteur.

— Attends, ordonna-t-elle à sa grand-mère, en levant une main impérieuse. C'est dégoûtant, hors de question que je goûte après lui. Je prends une autre spatule !

Samuel soupira. Henriette posa la main sur son bras, en signe d'apaisement, et regarda Caroline en souriant :

— Comme tu veux, lui dit Henriette, d'une voix détachée.

42.

Une nouvelle grand-mère

Incrédules face à la scène qui se déroulait devant leurs yeux, Annie et Franck affichaient une expression d'admiration béate. Leurs têtes stupéfaites me firent rire intérieurement. Ils échangèrent un regard perplexe qui vira bientôt à l'attendrissement. Puis, Franck se mit à toussoter, faisant ainsi discrètement remarquer leur présence.

Tous les trois se retournèrent, surpris.

— Maman, Papa, vous êtes rentrés ! s'écria Caroline qui descendit à la hâte de son perchoir.

Elle leur sauta dans les bras, les couvrant l'un après l'autre de baisers.

Sam les rejoignit, prenant une part plus réservée aux embrassades. Les effusions de joie, ça n'avait jamais été sa tasse de thé.

— Nous ne vous avions pas entendus ! Le bruit de la hotte sûrement, désolée, s'excusa Mamie Henriette, un sourire angélique animant son visage. Vous avez fait bonne route ?

— Très bonne, merci, répondit Annie, visiblement troublée par son changement de comportement radical.

Elle la fixa, hésitant un instant. La femme qui se tenait devant elle lui rappelait vaguement sa mère, mais son aura avait totalement changé. Son regard, d'ordinaire dur et froid, dégageait à présent une tendresse nouvelle, qu'elle ne lui avait jamais vue. Ou il y avait si longtemps, qu'elle ne s'en souvenait plus. Une fragilité disparue qu'elle trouva très touchante.

Il fallut quelques secondes pour qu'Annie retrouvât enfin l'usage de la parole :

— Et qu'est-ce que vous nous avez préparé de bon ? les questionna-t-elle alors, espérant ainsi masquer son trouble, en plus d'assouvir sa curiosité.

Elle était impatiente de connaître la réponse, et l'odeur délicieuse qui flottait dans l'air lui chatouillait les papilles.

Caroline répondit d'une voix enjouée :

— Une blanquette de veau. Mamie nous a appris à cuisiner, c'est génial non ?

— C'est merveilleux, mon petit ange ! Vous avez l'air en forme, je suis si contente de vous retrouver, leur dit-elle en les embrassant fougueusement.

Annie regarda ensuite sa mère dans les yeux :

— Merci beaucoup, Maman.

— De rien, ma chérie. Ça me fait tellement plaisir.

— Et comment va ta cheville ?

— Oh, c'était une chute de rien du tout, je ne sens quasiment plus rien, s'exclama-t-elle en m'adressant un clin d'œil.

En retour, je lui adressai un petit miaulement complice.

— Ah bon, l'interrogea Franck, surpris. Je croyais que votre pied avait doublé de volume. Que dis-je, triplé même ! Nous nous sommes fait beaucoup de souci pour vous.

— J'ai dit ça ? répondit-elle, l'air faussement innocent. Ce devait être sous le coup de l'émotion. En vérité, elle avait à peine enflé ! Et aujourd'hui, on ne voit presque plus rien, enchaîna-t-elle, comme s'il s'agissait d'une broutille sans intérêt.

— Très bien, s'étonna Franck, dubitatif, ignorant s'il devait la croire ou non. J'imagine que c'est plutôt une bonne nouvelle ?

— Oui, tout va très bien, poursuivit-elle en retournant à sa blanquette, ne vous inquiétez pas pour moi.

— Et vous, les enfants ? Racontez-nous votre semaine, s'enquit Annie.

Elle commençait à dresser la table. Les enfants se regardèrent avec espièglerie.

— Oh, rien de spécial, répondirent-ils. Vous savez bien, l'école, les devoirs, la routine, quoi.

— Oh, en parlant de ça, les coupa-t-elle. La directrice de l'école a téléphoné. C'est étrange, elle a laissé un message disant que tu avais manqué l'école jeudi, fit-elle à Caroline.

— Et toi, Samuel, tu aurais eu une absence injustifiée au collège le même jour. On a pensé que ce devait être une erreur puisque Mamie ne nous a rien dit.

— C'est à dire... commença Henriette un peu embêtée.

Elle ne savait par où commencer.

— Nous ne voulions pas vous affoler. Et puis, nous savions que vous rentreriez peu de temps après.

— Comment ça ?

Annie marqua un temps d'arrêt, interpelée.

— On s'est tous concertés et on a pris la décision de vous laisser travailler sereinement. On s'est dit que vous sauriez tout bien assez tôt. D'autant que les enfants vont très bien, ils sont en parfaite santé. Quelques heures enfermés dans une cave ne les ont pas beaucoup traumatisés !

— Pardon ? s'écria leur mère, soudain affolée.

— Vous plaisantez, j'espère, renchérit Franck. C'est quoi cette histoire de cave ?

Et, pendant qu'ils disposaient les assiettes sur la table, ils racontèrent par le menu leurs aventures : nos prises de bec, les cambriolages, les altercations avec Gros Jack. Henriette, d'ailleurs, profita de l'occasion pour nous annoncer qu'il avait été recueilli par le chenil de la ville.

Ils finirent leur récit par l'arrestation des Marchal et enfin, leur détention au sous-sol du numéro 4 de l'allée du Bois. Ils passèrent la soirée à leur raconter les faits dans le moindre détail et, tour à tour, s'exclamèrent, tremblèrent, s'étonnèrent.

Ils rirent beaucoup. Pleurèrent aussi un peu. À un moment, je vis même la nouvelle Henriette pleurer de rire avant de rire en pleurant. Tant d'émotions se bousculaient, et je commençais à bien l'aimer.

Et tandis que je les écoutais, je savourais comme on me l'avait promis la meilleure pâtée du supermarché. Elle avait un goût particulier. C'était celui du bonheur parfait.

Épilogue

Le lendemain matin, nous partîmes avec Rousquille nous balader dans le quartier. Nous trottinions tranquillement, le soleil venait à peine de se lever. L'air frais nous picotait la truffe, la rumeur des voitures grandissait au loin tandis que nous nous rapprochions du Boulevard Central.

M. Michelon avait déjà ouvert la porte de sa boulangerie. Plus loin, je devinai Mme Lebrin qui s'affairait à l'arrière de sa boutique : elle n'avait pas encore installé sa devanture, il était trop tôt.

Dans le bar-restaurant qui jouxtait la charcuterie, j'aperçus M. Speck, attablé, qui buvait un café. Il semblait attendre quelqu'un. Il tripotait nerveusement un stick de sucre qu'il balançait de haut en bas sur le plat de sa main. Un geste fébrile, signe qu'il trépignait.

De l'autre côté du boulevard, je vis soudain Mme Leuyade sortir de sa boutique. Elle allait traverser le trottoir. Aussitôt, M. Speck, tout sourire, se leva.

Je reportai à nouveau mon attention sur elle, la vis le saluer avant de courir le rejoindre. Dans la précipitation, elle manqua de trébucher et le guilleret pompon rose qui retenait sa queue-de-cheval resta suspendu quelques secondes en plein milieu de son front. Reprenant l'équilibre, elle le réajusta d'un geste rapide en même temps que sa paire de lunettes pailletées, dont la monture un peu loufoque rappelait le dessin de deux jolies ailes de papillon.

Arrivée face à lui, je la vis se pencher pour l'embrasser. Je détournai aussitôt la tête, écœuré par l'indécence de ce baiser.

« Un peu de retenue, s'il vous plaît ! » pensai-je, alors même qu'un sourire complice se dessinait sur mon museau.

Eh oui. Il se passait toujours des choses étonnantes à Belleville !

Nous poursuivîmes notre route jusqu'au parc de jeux, derrière la petite église. Mike nous y rejoignit peu après.

— Alors, mon pote, lançai-je en le voyant approcher d'un pas guilleret, comment ça va ?

— Très bien ! Je suis content que toute cette histoire soit enfin terminée.

— Jojoko a retrouvé sa boîte ?

Il hocha la tête.

— C'étaient bien les Marchal qui s'en étaient emparés. Elle l'a formellement identifiée. De même qu'ils avaient volé la bague de Mme Bienfait.

— Et alors, demandai-je, curieux. Il y avait quoi finalement à l'intérieur ?

Il me regarda.

— Un médaillon.

Je ne m'attendais pas à une telle déclaration.

— Un médaillon. C'est tout ?

Je ne cachai pas ma surprise :

— Attends... Elle passe toutes ses journées à cacher un simple médaillon dans sa maison ?

— Oui et non. En vérité, Jojoko m'a tout raconté.

Quand elle était jeune, Jojoko était amoureuse d'un officier qui venait juste de s'engager dans l'armée. Le mariage devait se dérouler quelques mois plus tard, en Russie. Son village natal organisait la cérémonie. Malheureusement, une semaine avant la noce, Jojoko reçut une lettre officielle. Il y avait eu une explosion sur le champ de bataille, et le corps de Vladimir demeurait introuvable.

— Quelle horreur... soupira Rousquille.

— Suite à cela, elle déménagea. C'est probablement à partir de là qu'elle commença à perdre la raison.

Émus par ces tristes révélations, nous observâmes un silence de circonstance. Mike décida ensuite de changer de sujet, demandant à Rousquille d'un ton plus léger :

— Et toi alors, bien remise de tes émotions ?

— Ma foi, je ne revivrais pas ça tous les jours ! Il me tarde de retrouver ma petite tranquillité, tu sais.

— J'imagine, en effet !

— Enfin, elle sera peut-être de courte durée, poursuivit-elle sur un ton volontairement énigmatique.

— Que veux-tu dire par là ? dis-je en tournant le museau vers elle, intrigué.

Elle prenait un malin plaisir à faire durer le suspense.

— Eh bien, ce matin, j'ai entendu Henriette qui téléphonait à une agence immobilière. Elle voulait avoir une estimation du prix de sa maison.

— Ah bon, elle veut quitter la Bourgogne ? demandai-je, surpris. Remarque, dis-je en réfléchissant à haute voix, ce serait peut-être une bonne chose qu'elle quitte ses vieux souvenirs. Rien de mieux qu'un nouveau départ pour tourner la page.

— Oui, c'est aussi ce que je me suis dit, déclara posément Rousquille.

Elle marqua une pause, avant de poursuivre :

— Elle aimerait s'installer à Belleville.

Je manquai de m'étrangler.

— Quoi ?

Henriette et Rousquille, toute l'année à Belleville ?

— C'est une bonne idée, tu ne trouves pas ?

Alors que je tournais les talons, l'air passablement contrarié, j'aurais juré entendre Mike éclater de rire derrière moi.

Table des matières

ISBN : 978-2-383-55093-8
Dépôt légal : janvier 2022
Imprimé en Haute-Marne par La Manufacture